こんな感じで書いてます

群ようこ

新潮社

こんな感じで書いてます　目次

装画　タムラフキコ（草花模様店）
書き文字　群ようこ

こんな感じで書いてます

びじょの血しぼり

私が原稿料をいただいて、原稿を書きはじめたのは二十五歳のときで、それから現在まで四十一年、会社をやめて物書き専業になってからは三十七年経った。毎月、締め切りに間に合うように原稿を書き続け、そのときは、

「書いても書いても終わらないなあ」

と嘆いていたけれど、今から思えばあっという間だった。

大学を卒業後、私は広告代理店に入社したが、半年で退社し、その後、転職を繰り返し、四回目の二十四歳のときに、やっと、本の雑誌社に拾ってもらった。毎日、会社で慣れない経理事務等の仕事をしていたら、編集長の椎名誠さんの担当編集者から、私に女性誌の書評の依頼があった。本名で書くのはいやだったので、社長の目黒考二さんに「群ようこ」というペンネームを考えていただいた。お小遣い稼ぎの軽い気持ちで書いていたら、お二人に「本の雑誌」でも書いたらと勧められ、勤めながら他社から依頼された原稿を書く仕事も受けていたら、そちらのほうの比重が大きくなってしまい、退社することになった。そして現

在に至るというわけなのだ。こんな状態でずるずると物書きの生活に入ってしまった私でも、それなりに原稿を書くときにはいろいろと考えてきたので、これからそれを書いていきたいと思う。しかし私にベストセラーを書く秘訣を教えられるわけもなく、そのような内容を期待し、求めている方々には、まったく役に立たないと、最初に申し上げておきたい。

物書き専業になって、たまに取材を受けると、よく聞かれたのが、「子供のときから、作家になりたかったのですか」「昔からの夢が叶ったのですか」といった質問だった。そう聞かれるたびにいつも困った。物を書く仕事は、子供の頃から憧れていたわけでもなく、夢が叶ったわけでもなかったからだ。

私がまだやっと一人歩きができるようになった幼児の頃、お菓子屋やおもちゃ屋には興味を示さず、書店にだけ異常な興味を示していたらしい。家でレコードをかけると、こちらにも興味を示したので、本や音楽が好きなのだとわかった両親は、裕福ではなかったのに、本とレコードは好きなだけ買ってくれた。父は会社に勤めておらず、今風にいえばフリーランスで絵を描いて生活していて、家には彼が購入した写真集、画集などはあった。そして母が読む婦人雑誌の他は、小説、随筆の類いは一冊もなかった。

最初に自発的にまとまった文章を書いたのは、四歳か五歳の頃だった。父からもらったごく普通のノートに、見開きでまず大きく絵を描き、そこに短い文章をつけたもので、十ページ近くあった。本は毎日、何冊も読んでいて自然に文字や漢字を覚えていたので、読み書きは問題なくできていた。

内容はテレビで観たマジックショーに影響されたものだった。きれいな女の人が台の上に寝かされて、胴体の部分に箱と布をかぶせられ、丸鋸《まるのこ》で胴体を切られたのに、箱や布を取り去ると、ぱっと立ち上がってどこにも傷はなくにこにこしていたのだ。驚愕した私は、そのトリックを暴こうと、実はその女の人は双子で、舞台のたびにそのうちの一人を殺していて、その片割れの人を何でもなかったように登場させていると考えた。タイトルもつけていて、「びじょの血しぼり」というものだったと思う。そのノートを見直して、自分でも内容のひどさに呆れたのか、両親に見つからないように、こっそりと捨てた記憶がある。

小学生になっても、本を読むのは大好きだったが、文章を書くのは嫌いだった。本が好きだったせいなのかはわからないが、国語の点数だけはとてもよかった。しかしいちばん苦手だったのは、読書感想文だった。興味のない本を先生から指定されて感想を書けといわれる。自分の読みたくない本を読み、そのうえ文章を書くなど苦痛でしかなかった。提出期限があるので、仕方なく本を読んだものの、読んでみたらやっぱり面白くなく、やる気が出ないまま感想文を書いて提出した。そんな感想文でも、クラスで三番目くらいによかったらしく廊下に貼り出された。それから間もなく参観日があり、父母会を終えて学校から帰ってきた母親から、

「感想文、貼り出されていたじゃないの」

といわれても、

「うん」
といっただけだった。私としてはまったくやる気がないものが貼り出されても、ちっともうれしくなかった。先生から返してもらってもすぐに捨てた。それから何度も読書感想文との闘いはあったが、いつもやる気は出なかった。試しに本が面白くなかったので、正直に面白くないと書いたら、そのときだけ貼り出されなかった。ああ、そんなものなのだなと思った。

書くよりも放課後、図書室に寄って、本を借りるのが何よりの楽しみだった。自分のお小遣いでは漫画を買い、図書室では書店に売られていない本を借りた。漫画は「週刊少女フレンド」と、「週刊マーガレット」を創刊号から買っていた。たしか五十円だった。少年漫画も好きだったので、「週刊少年サンデー」も、「週刊少年マガジン」も買っていた。それ以外は、床屋さんに行く弟に付き添って、そこで漫画本を読んだ。特に『カムイ伝』にのめりこんで、弟の髪型なんかどうでもよく、ただカムイ伝を読むために床屋さんに通っていたようなものだった。

小学校四年生で林芙美子の『放浪記』の文庫本を読んだときに、子供としての私の長年の疑問が氷解した。童話にしても少女漫画にしても、好きな男性と結婚すれば幸せになるパターンがほとんどなのに、うちの両親はそうではないので、どうもおかしいと、ずーっと考えていた。なぜ毎日、あんなに喧嘩をするのか。そしてなぜ、お金が入ると仲よくなるのか。そしてなぜしばらくしてまた喧嘩がはじまるのか。現実は謎だらけだったのだが、放浪記を読んで、女の人が働いてお金を持てば、自由が得られるとわかったのである。今から思えば、林芙美子も男性に依存している部分があったのだけれど、子供だったのでそこのところは理解できず、彼女が働こうとがんばっている姿に感激したのだった。彼女は出版社に原稿を持ち込むのだが、それで私が物書きをめざしたというわけではない。物を書いて生活していこうなどとはみじんも思っていなかったし、ただ、私は将来、男の人の収入に頼らずに、自分で働いて暮らそうと心に決めた。十歳のときだった。

私がなぜあんなに本を読み続けていたのかと考えてみると、現実逃避だったのかもしれない。学校から帰るとすぐに外に遊びに行き、夕方家に帰ってからは、ちょっとだけ宿題をして、あとはずーっと本を読み続けた。本を読んでいる間は、そのなかの世界に没頭でき、背後から聞える両親の毎日同じ内容の喧嘩を無視していられる。ドリトル先生、長くつ下のピッピ、古代エジプトの人、女性宇宙飛行士になれた。本を読むことで私は救われていたのだ。

本ばかり読んでいる私に、母が、将来何になりたいのかと聞いたことがあった。私はすかさず、「横丁のご隠居」と返事をした。テレビで落語を見ていると、必ず横丁のご隠居という人が出てきて、粗忽者の八っつぁん、熊さんにためになる話をして、長屋の人たちに尊敬されている。すると彼女から呆れ顔で、「横丁のご隠居は職業ではない」と冷たくいわれて、がっかりした。その次は当時のいい方でいえば看護婦さんで、その次はピアニストだった。ピアノが上手と褒められていたので、両親もその気になって、ピアノの先生に確認したら、

「ええっ、無理ですよ」

とあっさりいわれて、それは完全に消滅した。その後、父がグラフィックデザインの個人事務所を立ち上げたので、私は絵がへたくそなのにもかかわらず、デザイナーもいいなと考えたりもした。ただその職業を名乗れたらいいなという程度の憧れでしかなく、私にとって本は読むもので、書くものではなかった。

中学生のときは、私の人生でいちばんやさぐれていたので、本を読む冊数も減っていった。グループサウンズにうつつを抜かしていて、邦楽洋楽関係なくただはやりのロック系の音楽を聴きまくり、新宿ACBや池袋ドラムの前をうろついていた。特になにをするわけでもなく、何時間もぼーっと立っていて、補導されかけたときもあった。今、渋谷などで女の子たちがあてもなくうろうろと歩いているのも、わかるような気がする。相変わらず両親は不仲だし、とにかく家にいるのが鬱陶しかった。当時は本のなかにも私のもやもやを解決してくれるものは見当たらなかったのだ。

当然、勉強もしないので、成績はどんどん下がるばかりで、これ以下はもうありませんというくらいまで落ちた。それでも国語だけは五段階評価の五をずっとキープし続けていた。担任の数学の先生に、

「森田たまの『もめん随筆』を読んでごらん」

と勧められると、素直に読んだり、信用できる人の話だけきいた。私は中学校の担任の先生たちに恵まれ、私のことを理解してくれているとわかったので、成績もなんとか中の中まで回復できたのだった。

あるとき、その担任の先生から、校誌の担当の先生が、校誌に発表するために、私に何か書くようにといっているといわれた。文字をたくさん書くのはいやなので、

「詩でもいいですか」

と聞いたら、許可が出たので、春について数行の詩を書いて提出した。春は足音をたてないでやってきて、花を咲かせ木の眠りをさますが、その風で花びらを散らし、足音をたてないで行ってしまうといった内容だった。校誌に載るのを自慢する子もいたが、私には特にうれしさはなかった。担任の数学の先生は、それを読んで、

「明るくて楽しい雰囲気なのに、どこか孤独感が漂っているね」

と感想をいってくれた。そのときはへえ、そうなのかと、気にもとめなかったけれど、今になってみると先生は本当に、私のことをよく理解してくださっていたと感謝している。

ビートルズ、ローリング・ストーンズ、ジェファーソン・エアプレイン、ドアーズ、ジミ・ヘンドリックス、ジャニス・ジョプリンなどの海外のロックを聴くようになると、ミュージシャン情報が載っている音楽雑誌も買うようになった。女性編集長が、海外のミュージシャンと会っているのを見て、私もああいう仕事がしたいと思うようになった。編集の仕事がどういう内容なのかもわからず、ただ彼らと一緒に写真に写りたいという欲のみだった。

将来についてうっすらとだが、まじめに考えるようになると、私は勤め人がいいと思っていた。両親を見ていて、毎日、お金のことで揉めるのは本当にいやだった。会社員になれば毎月、決まった額のお給料がもらえるし生活も安定する。しかし当時の多くの女性は、会社

に勤めるもののほとんどは腰掛けで、長い期間勤め続けると会社からいやがられた。まだ若いうちに同じ社内の男性と結婚するか、見合いをして二、三年でやめるのが、社会的によしとされていた。私は結婚するつもりはなく、自分自身を食べさせるための仕事を見つけなくてはならなかった。それには会社に勤め続けても、いやがられない職種を選ぶ必要があった。唯一、歳を取っても勤められる仕事として関心があったのは、図書館司書だったのだけれど、調べてみたら資格が必要で、勤める図書館によっては、公務員試験を受けなくてはならないし、語学力も必要だという。ただ本が好きというだけでは、そのハードルは高かった。おまけに友だちが、

「長い間勤められるからやめる人がほとんどいなくて、空きがないらしいよ」

と教えてくれた。いくらがんばって資格を取得したとしても、就職口がなかったら、どうにもならない。どっちみちだめだなと、このルートはあきらめた。中学の担任の先生たちの励ましのおかげで、都立高校に入学できたものの、まだまだ物を書いて生活するなど、頭のなかにはみじんもなかった。

甚一おじちゃんと愛ちゃん

高校に入学して仲よくなった友だちは、二人とも本と音楽が好きだった。彼女たちは世界史が好きで、Mさんはルネサンスに興味があり、塩野七生の著作の大ファンで、いつも彼女を「ななみちゃん」と呼んでいた。部屋にはフランス人歌手ミッシェル・ポルナレフがお尻を出したポスターが貼ってあった。

Hさんは何をおいてもジョン・レノンだったが、ロックだけではなく、クラシックにも造詣が深く、私は彼女から武満徹や、「ノヴェンバー・ステップス」などの楽曲を教えてもらった。一方の私はハードロック漬けで、アルバイトでお金を貯めては、ロックコンサートに足を運び、後楽園球場でのグランド・ファンク・レイルロードのライブでは、ものすごい雷雨で頭からずぶ濡れになったりもした。

彼女たちは少女漫画にも詳しかったので、いろいろと教えてもらい、萩尾望都や池田理代子を知った。『ポーの一族』も『ベルサイユのばら』もすばらしくて美しいとは思ったが、のめり込むほどではなかった。ちょうど古書店で雑誌の「ガロ」を知った頃でもあり、つげ義春の『ねじ式』や『ゲンセンカン主人』の世界のほうに興味があった。

私が毎日読んでいたのは植草甚一だった。『ぼくは散歩と雑学がすき』は何度も何度も繰り返して読んだ。私はミステリーはほとんど読んでいないし、ジャズも詳しくはなかったが、それほど深い興味がない分野の話が、彼が書くとこんなに楽しく感じるなんて、どうしてなのだろうかと尊敬していた。Mさんの「ななみちゃん」に対抗して、「甚一おじちゃん」と呼んでいた。また『愛子の小さな冒険』を読んで佐藤愛子のエッセイにはまり、お気に入りに「愛ちゃん」が増えた。

当時、不仲の両親が別居し、母は働きはじめていた。私も休みになるとMさんと一緒に美術館でアルバイトをしたり、別の友だちの紹介で、手提げ袋を作っている紙袋工場でアルバイトをしたりした。大きな倉庫みたいな建物の中で稼働している、大型の機械が何基もあり、大量に吐き出す紙袋を何分かに一度、かき集めて持ってくる。袋の底を貼り合わせている糊の部分がはみ出して、他の袋とくっついているものがあり、それらを手ではがすのが仕事だった。日が入らない倉庫の床にぺたんと座って、ひたすら紙袋を引きはがす作業を続けなければならなかった。

読書は好きでも書くことには興味がないのは相変わらずで、将来の職業としての関心は音楽に傾いていた。美術か音楽かの芸術科目の選択は音楽にして、Hさんと一緒に授業を受けていた。先生から一方的に習うというよりも、基本的には生徒の自主性にまかせられていた。学期末には実技テストがあり、歌が得意な人は自分が好きなジャンルの歌曲、ポップス、シャンソンを歌い、歌に自信がない私は、Hさんと彼女のボーイフレンドとで即席バンドを作り、私がエレクトーンで習っていた、ポール・モーリアの「恋はみずいろ」の楽譜を元にして、私がピアノ担当、二人がエレキギターとエレキベース担当で、三人それぞれにアドリブのパートを作って演奏した。

選択クラスの生徒や先生からもいちおう褒めてもらい、私は演奏者ではない、音楽関係の仕事ができればいいなと考えていた。先生に申し出れば自由に音楽室のピアノが弾けたので、ショパンの「革命のエチュード」や「別れの曲」の楽譜を持っていって弾いていた。しかしピアノも上手なHさんから、

「革命のエチュードが異常に遅い」

と笑いながら指摘され、

「その通りです」

と納得した。私の短い指は、どうやっても楽譜の指示通りには動かないのだった。

音楽の先生に、

「私に入れる音楽大学がありますか」

とたずねたら、

「どうでもいい音大なら入れると思うけど、そんなところに通っても意味ないでしょ」

といわれた。どうでもいい音大がどういう大学かはわからなかったが、自分にはいい音楽大学に入学できる能力はなく、当然ながら経済的にも無理ということで、こちらのルートは

なしになった。

高校を卒業してすぐに社会に出るには自信がなく、とりあえず大学に進学しようと考えて、二校に絞った。理由は両校とも一般的な文学系ではなく、他にはあまりない学科があったからだった。私にとって一校はやや難、もう一校は偏差値的には大丈夫そうだった。しかし結局、あっさりと両方落ちた。二月中に行き場を失った私は、浪人しようと考えていたのだが、母が、今からでも間に合うのだから、どこでもいいから受験しろと怒るので、三月以降に受験できる大学を調べたら、日大の藝術学部があった。Hさんはすでに浪人を決めていて、日藝のそばに家があったこともあり、

「日藝に入って、遊びにおいでよ」

といってくれた。募集している学科を消去法ではずしていったら、文芸学科が残ったので、受験したら受かってしまったのだった。

入学後はすぐにゼミを決めなくてはならず、ジャーナリズム、作家作品研究など、五つほど選択肢があったが、こちらも消去法で「創作」にした。三年生になるときに変更も可能だったし、一番楽そうだと思ったからだった。このときもまだ、将来、文章を書いて生活をするなど、まったく考えていなかった。

しかしゼミは書くことに対して、やる気のある人たちばかりでびっくりした。文章で自分を表現したい人が多く、私は本を読むのは好きだけれど、書くことで自己表現をしようなどとは思っておらず、意欲のある人たちが集まっているなかで、肩身が狭くて仕方がなかった。

授業は教授が指定した短編をテキストにして進められた。小、中学校の読書感想文用の本のようなつまらなさはなく、今まで読んだ経験がない本が読めるのは楽しかった。阿部昭の「大いなる日」「鵠沼西海岸」などを使い、授業とは関係なかったが、中村光夫の『小説入門』を読むようにもいわれていた。通常の授業は、事前に各々がテキストの短編を読んでおき、先生から指名されて感想を口頭で話すのが主だったが、試験の代わりに創作を提出しなければならなかった。そしてゼミの学生の作品を一冊の小冊子にして合評した。

小冊子はゼミの有志が学生の原稿を集め、それをボールペン原紙に書き写して印刷していた。ガリ版刷りではなく、小さな輪転機が学校にあったので、あっという間に印刷できるのは助かった。私はふだん大学にいかなかったが、みんなが授業の情報を教えてくれたり、講堂での大人数での授業では、お願いもしていないのに、親切に出席票を書いて提出してくれたりしていたので、小冊子を作る際にはできる限り手伝うようにしていた。創作であれば小説、詩、評論など内容は自由だった。しかし今でいうようなエッセイを書く人はいなかった。「ワンダーランド」「宝島」「ビックリハウス」など、これまでになかった雑誌がたくさん出てきて、私はどれも楽しく読んでいた。同年配の人たちが、面白いことをやりはじめた、わくわくするような感覚はあったけれど、まだ世の中的にはエッセイというジャンルは確立されておらず、著名な作家が本業の小説の合間に書くような随筆が主だった。

私はいつも小説を書いて提出していた。決められた枚数は四百字詰めで二十枚程度だったと思う。そして私の書いた小説は、たとえば若い女性がこっそりと産んだ赤ん坊の遺体を、彼女にひどい仕打ちをして逃げた相手の男性の家に送りつけるといったような、暗い話ばかりだった。何の救いもなく、必ず人が死んだ。同じゼミの学生たちからは、「人死に小説」といわれていた。華々しいストーリー展開は苦手なので、物語のポイントとして、人の死があれば、それなりに形になると安直に考えていたのだろう。だいたい、まじめに自分の創作に取り組むよりも、学費と自分の小遣い、憧れのアメリカに行く費用を稼ぐための書店でのアルバイトが、私の生活の柱だった。といっても課題は提出しないといけないので、内容はどうでもいいから課題の枚数分の四百字詰め原稿用紙の枡目を埋めなければという意識のほうが強かったのは事実である。

こんな具合なので、自分の書いたものには愛着がなかった。ゼミの小冊子ができあがって合評したとき、ある男子学生が、浪人した年上の男子学生に評論を罵倒されて大論争になった。その結果、ゼミの学生の前で彼が大泣きするのを見て、自分の作品への熱意のすごさに驚いてしまった。彼らの創作に対する情熱が太陽の大きさだとしたら、私の気持ちはゾウリムシ程度だった。本人がこのような状態なので、罵倒されても、「はい、そうですね」と素直に認めるつもりだったけれど、意外にも先生、学生たちはいつも褒めてくれた。作品に少しでも自信があれば、うれしかったはずなのに、私は常に他人事で、「へえ、そうなんだ」という感覚だった。どのような部分に対してそういってもらえるのか、まったくわからなかったし、知ろうとも思わなかった。正直、みんなからどのような評価を受けるかなんて、どうでもいい。ただ単位が取れさえすればよかった。最低限、提出しないと単位が取れないからやむをえず書いているだけで、自主的に書いたものなど一編もなかった。

合評用の小冊子を大事に保存している人もいたけれど、私は自分の書いた陰気な話を再読すると、子どものときの「びじょの血しぼり」を思い出してしまい、「これはひどい」という感覚が蘇ってきて、毎回合評が終わったとたんに捨てた。意欲的な人たちは、小説誌の新人賞に積極的に応募しているようだったが、私にはまったく関係のない話だった。

私は二十歳のときに三か月間アメリカのパラムスに滞在し、それから帰ってすぐ、どうしてそうなったのかは覚えていないけれど、志望校に合格したHさんと私とで「唖然！」という小冊子を作った。それぞれが好きなことを書き、私は好きな本やレコード、アメリカでの生活の話を書いた記憶がある。甚一おじちゃんの影響があったのかもしれない。

当時は今のようなコピー機は一般的ではなく、青焼き機という複写機が主流だった。格安で利用できるという話を聞き、練馬区の役所か公民館のものを使わせてもらったと思う。青焼きは複写すると紙が湿って出てくるので、しばらく広げて乾かしておかなければならない。それを見た人たちが乾かしている何枚もの紙を見て、

「これは何ですか？」

と聞いてくると、どう返事をしていいかわからず曖昧に笑っていた。これが私が自主的に楽しく書き、形にしたはじめての作品といえるかもしれない。しかし今は手元にない。

こういうふうに書くのは楽しいなと思いはじめ、書くことに的を絞ると、小説よりも広告のコピーのほうに興味を持った。本を作る編集者にも興味があったが、当時は指定校制度が

あって、指定校以外の学生は自由に出版社に応募できない社会的事情があった。そのうえ四年制大学卒の女子学生には、今ほど企業の門戸は開かれていなかった。そこで新聞でみつけた新卒募集している代官山にある広告代理店に履歴書を出して、コピーライター希望で入社できた。

しかし激務で体を壊して半年で会社をやめてからは転職を続けた。音楽雑誌の編集では、楽譜が書けるからという理由でカセットテープを渡され、渡辺真知子の「迷い道」を耳コピしてスコアを書かされ、編集プロダクションでは、上司と二人で航空、宇宙機器の製造をしている企業の社内報の編集をし、取材、撮影、デザイン、時には版下製作までやった。その後、大学を卒業して四回目の転職で、本の雑誌社に入社させてもらったのだった。

はじめてのエッセイ

　エッセイを書きたいと思っている人は、発表する場をどうするかが問題になる。大手の各出版社の小説誌には賞が設けられているので、小説はそれらに応募する方法もあるけれど、エッセイは小説に比べて、一般の人が応募できる賞がとても少ない。

　かつては文章を発表する手段としては、ミニコミ誌などがあったけれども、ある程度の資金がないと難しかった。しかし現在は、パソコン、スマホ等があれば、資金がなくてもＳＮＳや配信サイトで自分の文章を発表できる。私もｎｏｔｅでお金を支払って、面白そうなエッセイを読んだ経験があるし、ｎｏｔｅではないが、口が悪くて感性が鋭いなあと、毎日、更新を楽しみにしている人のＳＮＳがある。某出版社がその人に声をかけたようだが、本人は明らかにその気がなく、「しつこい」と、いやがっていたのが面白かった。ＳＮＳやサイトで文章を書いている人が全員、本を出したいと思っているわけではないだろうが、ＳＮＳから書籍化されたものも多いし、プロではない人たちの書いたものが、多くの人の目に触れる機会は格段に増えているのだ。

そんなツールがない時代には、自分の原稿を出版社に持ち込むのが王道だった。しかしそれは小説がほとんどだった。私の場合は、文章を書く場を探す必要はなく、運がよかったとしかいいようがなかった。「本の雑誌」は本好きの人はもちろん、多くの編集者も読んでいた。そしてまだ本業の仕事をしていた社長や編集長から原稿を預かって、それを受け取りに来た各社の担当編集者に渡したり、御二人が会社で直接担当者に渡すときには、お茶を出したりしていたので、編集者とは顔なじみになっていた。

最初に私に女性誌の書評ページの連載の依頼をしてくれたのは、編集長の担当編集者の女性だった。書評ページは、評論、批評を仕事にしている方たちにお願いするのが常だったのだけれど、読者と同じ目線で本を紹介できる人がいいと考えていたとき、私を思い出してくれたのだそうだ。

私は怠けながら大学の課題をいやいや書き、卒論は小説だと規定の枚数の他に、梗概もつけなくてはならないので、少しでも書く枚数を減らそうと、小説ではなく二十歳のときにパラムスに滞在中、週に一度、ニューヨークに遊びに行ったときの話を書いた。書けるネタがそれしかなかったからだった。友だちと小冊子を作ったりしたがそれも仕事ではない。しかし今回は仕事として対価をいただくのである。

当時は、なぜそんなシステムになっていたのか不思議だが、編集者が原稿料の額をいわずに、書く側に仕事を依頼するのが、まかり通っていた。後年、それはおかしいのではと声を上げた方々がいて、改善されたのだ。しかし担当の彼女は、最初に、

「原稿料は四百字・四枚で一万円くらいだと思います。安くてすみません」

と教えてくれた。初任給三万円だった私は、給料とは別に収入があるだけでもありがたかったので余計に緊張した。社長も編集長も賛成してくれて、社長に「群ようこ」という名前をつけてもらい、私であって私ではない、物を書く人物が生まれたのである。

ペンネームはついたものの、どのように書いていいか見当もつかず、とりあえず締め切り日よりも早めに依頼された枚数分を書いて、社長に読んでもらった。すると、

「うーん、もうちょっと君らしく、気楽に書いたほうがいいんじゃないの」

とアドバイスをしてくれた。家に帰ってどうしたものかと考えた。一日置いて、あらためて読み返すと、違和感を覚えるところが多々あった。ただ本を説明しているにすぎず、これでは誰が書いても同じだし、指摘されたとおり、自分らしくない感じがする。

「では自分らしい感じってどんな感じ？」

己に問いかけてみたとき、友だちと本について話し合っている姿が浮かんできた。

塩野七生ファンの友だちは著者を「ななみちゃん」と呼び、佐藤愛子のエッセイの大ファンだった私は、「愛ちゃん」と呼んでいた。大作家に対して失礼な振る舞いではあったが、私たちは、

「きゃーっ、面白いーっ」

と大喜びしながら読んだ本について語り合ったものだった。

そもそも私が「本の雑誌」を読みはじめたのは、「本を読むのは頭がよくていい子」とい

う概念を打ち砕いてくれたからだった。成績がよくなくても、本が好きで読むのが楽しいんだったら、それでいいじゃないかと常々感じていたのだが、書店で「本の雑誌」を手に取ったとき、「これが私の求めていた雑誌」と感動したのである。

もちろん何かを学ぶために本を読むのは納得できるけれど、それ以外の娯楽としての本を認めないところが学校にはあった。子どもの頃、床屋さんにあった漫画の『カムイ伝』を読む目的で弟の付き添いをしていたが、カムイ伝だけではなく、店主の目を盗んで、「週刊新潮」の「黒い報告書」もこっそり読んでは、エロ場面に胸をどきどきさせていた。こんな私なので、先生から本をたくさん読んで偉いと褒められても、特別うれしくもなく、

「はあ、そうですか」

という感情しかなかった。

偏差値が特別高いわけでもなく、高尚な文学作品だけを読んできたわけでもない私が、本を紹介するときにどうするのか。「本の雑誌」を好きと感じた理由は何なのか。教えてあげるのではなく、この本は面白いと友だちに薦めるような感覚が大切なのではと気がついた。

「ねえ、この本にこんな面白いことが書いてあったんだよ」

と友だちに話したときの、わくわくした自分の気持ちと、

「わあ、面白そう、私も読んでみる」

と友だちが笑ってくれて、そして面白いといわれたときのうれしさ。これなのだとやっとわかり、友だちに話すような感覚で書いてみた。書き直したものを社長に見せると、

「面白いよ。これでいいんじゃない」

といってもらって、仕事が終わってから、どきどきしながら出版社に届けに行った。

翌日、彼女から、「とても面白かった」と電話をもらってほっとした。それから何か月か経って、担当者が変わった。送られてきた掲載誌を見ると、原稿のところどころが変えられていた。断りもなく勝手に編集者が書き変えていたのだ。一生懸命書いた原稿なのに、当時は、

「どうしてそんなことをするのですか」

と聞けず、当然ながら無名だし、まだまだその程度の扱いなんだとわかった。そして間もなく連載は終了した。

その雑誌の連載を読んだ椎名さんが、「本の雑誌」にも書くようにと勧めてくれた。実はその前に、雑誌の奥付があるページで、本名で事務的なお知らせや会社での出来事などを、四百字くらいで書かせてもらってはいた。しかし雑誌の本文ページにペンネームで書くのは、大好きな「本の雑誌」を汚してはいけないと思ったので、女性誌に書くよりも緊張した。しかし社長も編集長も、

「大丈夫だよ、できるよ」

と励ましてくれて、内心、

（そうかなあ）

と不安になりながら原稿を書いた。

自分に何が書けるだろうかと考えたとき、まっさきに頭に浮かんだのは、家族についてだった。定期的な収入がないくせに、やっと収入があるとまず自分の欲しい物を買い、その残りのお金で家族が生活する現実に何の疑いも持たない父親。いつも金がないと愚痴ばかりをいっている母親。すぐにぴーぴー泣く弟。そのなかで、小学校を卒業したら、この鬱陶しい家を出て働こうと考えていた幼い私。何でうちの家族はこんなに面倒くさいのだろうとずっと呆れていて、子どものときに本当の両親を求めて、町内を自転車で探し回ったりもした。子どもは生まれる家も両親も選べないのを恨んだりもした。

何を書こうかと考える前に、ネタは山のようにあった。「本の雑誌」の連載に関しては、原稿用紙を前にして一度も悩まなかった。このときはじめて、

「このために私はあの家に生まれたのでは？　耐えた甲斐があった」

とそれまでの自分が報われた気がした。波風が立たない、平穏で幸せな家庭に育っていたら、きっとエッセイのテーマは簡単には浮かんでこなかっただろう。子どものときはうんざりして腹も立ったりしたが、それから二十年近く経つと、どれも情けなくて苦笑する話ばかりだった。

でも、そう感じられたのは、二十歳のときにやっと両親が離婚して、いちばんの問題だった父が家を出ていったからだ。もしも彼がまだ実家にいたら、そんなふうには思えなかったし、書けなかった。すべてのタイミングがよかった。

原稿は、

「子どものときに、こんなことがあったよ」

と傍らに友だちがいたら、こういうふうに話すだろうという言葉を、ぶつぶつと口に出し、それを文章化していった。

原稿料は他のほとんどの書き手の方々と同じ二、三千円程度の図書券だった。それでもその分、本が買えるのだから、とてもうれしかった。原稿を書きはじめても、まじめに取り組んではいたが、それは私にとってはアルバイトの範疇であり、私の本来の仕事は会社の経理をはじめとする諸々の事務、雑誌の進行、書店、個人への雑誌の発送などだった。このときも物を書いて暮らそうなどとは、まったく考えていなかった。

「群ようこ」は誰なのかは明らかにしておらず、社長や編集長の担当者が原稿を取りに来て、預かった原稿を渡した私に向かって、

「群ようこっていう人が書いていますけど、どういう人なんですか」

と聞かれても、

「さあ、私もよく知らないんですよ」

と返事をするしかなかった。友だちにも黙っていた。

今は大学でどのような授業が行われているのか、よく知らないが、文章を書くうえで大学の授業が役に立ったかといったら、うーんと首を傾げる。ただ授業で読むようにいわれた本は、書店で見かけても、自分では選ばなかったと思うので、教えてもらって感謝している。いちおう先生との雑談での、読んだ本などの話のほうが、授業よりも役に立った気がする。

文芸学科の創作コースを卒業したものの、教えてくださった教授の方々には大変申し訳ないが、私には文章の書き方が身についていなかった。四百字詰めの大判の原稿用紙を前にして、本の話とうちの家族のくだらない話を織り交ぜ、本に興味を持ってもらいたいという気持ちしかなかった。

大学の授業で、小説を書くときには、プロットが大切だといわれたのは覚えていた。エッセイでも小説でも、文章をまとめるためには必要なのだろうが、原稿を書くときには簡単な三行ほどのメモ書きはするけれど、面倒くさいのでプロットらしきものは、ほとんど作らない。

「本の雑誌」の原稿は、当然ながら本について書かなければならない。段取りとしてテーマを考えていると、話したい出来事が頭に浮かんでくる。その内容と関連づけができそうな本を何冊か選ぶ。まず紹介したい本が浮かび、その後に出来事を思い出す場合もあった。大まかな流れを頭の中で作り、枚数分が書けると判断できれば書きはじめる。これがプロットの代わりかもしれない。細かく起承転結を決めていないので、書きはじめてもいったいどう話がすすんでいくのか、自分でもわからない。ただただ頭に浮かぶ文章を口にしつつ、手を動かしていた。

書きはじめの壁

文章を書いて世の中に発表したいと考える人は、まずペンネームを考えるのではないだろうか。本名ではない名前を自分につけることで、やる気が出て書くテンションが上がる場合も多いだろう。たとえば現代のＳＮＳでも、ハンドルネームや匿名だからこそ、みんなあれだけいいたいことがいえるわけで、全員、本名と決められたら、発信のテンションは下がると思う。

私の場合は、「本の雑誌」の社長にすべておまかせして、つけていただいた。なぜ自分でつけなかったかというと、まったくペンネームなどが浮かんでこなかったからだった。社長はミステリーの書評や、競馬などのギャンブル系の記事も書いていて、ジャンルによって、下の名前が一郎から十郎まで十個のペンネームを使い分けていた。そのなかの一郎の名字が「群」で、「群一郎」から名字をのれん分けしてもらったのだ。下はどういう名前がいいかと聞かれたので、「〇〇子」のような「こ」のつく名前にして欲しいとお願いしたら、社長の初恋の人の名前、「ようこ」をつけてもらい、「群ようこ」というペンネームができた。私自身がつけた名前ではないけれど、周囲の人たちにはいい名前だと褒められた。が、読み方が「むれ」か「ぐん」かわからないといわれ、「群」が「郡」、「ようこ」が「よう子」と間違われるのは、四十年経った今でもよくある。そのたびにまだまだ認識されていないのだなと思う。昔、名前の間違われ方について、亡くなった鷺沢萠《さぎさわめぐむ》さんと話をして、彼女が、

「私も名前が『鷺沢崩』になっていたことがあるよ」

と苦笑していたのを思い出す。

私であって私でない、物を書く別名の人物が生まれ、原稿を書いて原稿料をいただく立場になってからは、社長や編集長に書いた原稿を見せて、アドバイスを求めないように決めた。もし書いた原稿が面白くなければ、編集者がボツにするだろうし、掲載されたとしても、読者が面白くないと判断したら、それは書いた私が受け止めなければならない。なるべくいやな思いをしないようにと、事前に周囲にアドバイスを求めるのは物を書く態度として、フェアじゃないような気がしたのである。

まだ私には物書きとしての自覚は足りず、アルバイトの気持ちではあったが、ペンネームをつけてもらい、世の中に文章が出て、対価をいただくのだから、アルバイトはアルバイトとしての責任があると感じていた。仕事の依頼があっても、やったー、とかラッキー、とか考えず、それなら書かなくてはなるまいといった程度の感覚で引き受けていた。

あるときB社の出版局長から会社に電話があり、一度、話をしたいといわれた。仕事中に会社に来てもらうわけにはいかないので、会社のいちばん近くの喫茶店で待ってもらい、六

時に仕事が終わるとそこに出向いた。その喫茶店は場所柄、出勤前のホステスさんと同伴客が多く、こんな場所で待ってもらうのは申し訳ないなあと思いながら、彼と話をした。

それは単行本の書き下ろしの話だった。学生のときは、枚数を書かないで済む方法ばかりを考えていたのに、書き下ろしとなると、最低でも四百字詰めの原稿用紙で二百四十枚は必要になるという。そんな枚数は今まで書いた経験がない。そのように返事をすると、

「ひと月に十枚ずつ書けば、二年で二百四十枚、二十枚だったら一年で一冊分になる」

といわれ、それはそうだなと、数の上では納得したが、自分にできるかどうかは自信がなかった。そのときは返事をせずに、先方の意向を承っただけで終わった。

「本の雑誌」に「群ようこ」として原稿が載るようになると、外部からの原稿依頼が増えてきた。同じB社の雑誌の編集長から、ハーレクイン・ロマンスについて書いて欲しいと頼まれた。私は恋愛小説には興味がなく、ほとんど読んでこなかった。ましてこの翻訳物のシリーズについては、書店では棚のスペースを大きく割いて売られていたが、その前はいつも無視して通り過ぎ、私には関係がないものだった。

「興味がなくて……」

「だからこそお願いしたいのです」

好きな人が書いても、単におすすめの内容になってしまう。ああ、なるほどと思いながら、こういう機会がなかったら、あの類いの本を読むチャンスは、一生、ないだろうと思って引き受けた。読書感想文のときは、いやいや本を読んでいたのに、この頃は興味のない本でも、

読むいい機会と前向きにとらえていた。子どもの頃から本好きと自負していたが、本の雑誌社に勤めるようになってから、世の中にはもっともっとたくさんの本や雑誌があると知った。幅広いジャンルの本や雑誌に触れるようになり、本により興味が出てきたのも、少しは影響していたかもしれない。

快諾すると、すぐに段ボール箱に入った本がどっと送られてきた。何十冊あったか記憶にないが、読みながら、やっぱりなあ、つまらないなあ、またこんな感じかあ、と思っていたら、それが体に悪影響を及ぼしたのか、下痢をした。本を読んでお腹を壊したのははじめてだった。それでも依頼された原稿は、締め切りまでには書かなくてはならない。ただ本の内容が、女性が好きだと考えられていた、ステレオタイプの男性しか登場せず、ワンパターンなので、すぐに読めて冊数がはかどるのだけは助かった。

最初の原稿を書いてから、二、三年経過してもまだ原稿は手書きだった。高名な作家のなかには枡目のある原稿用紙を嫌い、横書きの大学ノートに原稿を書き、それを編集者が原稿用紙に清書をするという話も聞いた。とにかくすべてが手作業だった。私は筆記用具は以前から持っていた万年筆を使っていたが、インクが乾くのが遅く、原稿用紙の上に乗せた手の側面や手首にインクがついて、いつまでも青くなっているのがいやだった。4Bの鉛筆にすると、これも手は汚れるが、石けんで洗えばすぐに落ちるので気は楽だった。しかし書いた原稿をすぐに消しゴムで消せるため、万年筆で書いた時よりも直しが多くなりがちで、なかなか前に進まない。万年筆だと、?と思っても、あとでまとめて直そうと先に進めるのだけれど、簡単に消せるのは私にとっては、かえって時間をくう作業になった。

原稿を書くときはいつでも、依頼された枚数よりも一枚分くらい多めに書く。それは書き始めた当初から今までずっと変わらない。決められた枚数よりも短く書いて、それに加筆していくよりも、長く書いて削るほうが、内容的にまとまるような気がする。最初から設計図を書くように、枚数をコントロールできる人は、その必要はないだろう。私はプロットを書かず、ただ手が動くままに書いているから、こういうことになるのだと思う。

原稿の分量が五枚までだと、原稿用紙に書いたまま、全体を見渡して推敲できるが、それ以上になると、それが簡単にはできない。その場合、どうしていたかというと、原稿用紙を巻物のようにずらっと床に並べて、立ったまま最初から読みはじめる。そして気になるところに、赤いボールペンで加筆、訂正、削除をして、文章全体を整える。これが原稿の下書きになり、あらためて清書をする。清書をしている間にも、表現の仕方を変えたり、微調整をして最終原稿を編集者に渡していた。下書きをしてから、一度か二度書き直せば渡せるような状態になるが、難航すると三回も四回も書き直すので、結局、依頼された枚数の三倍、四倍の分量を書くことになった。

原稿を書くのは肩こりとワンセットになっていた。右手に筆記用具を持つので、右腕、右肩の負担がひどくなるのはわかるのだが、使ってもいないのに、左肩も凝ってしまうのが不思議だった。「本の雑誌」にいただく原稿も、みんな手書きだった。推敲の痕跡がまったくない完璧な清書原稿を渡してくださる方もいれば、あちらこちらに削除、挿入箇所があり、ぱっとみてどこがどうつながっているのかもわからず、全体の文字数が不明な原稿を書く人もいた。書いているほうもきっと、原稿用紙五枚ってこのくらい、といった感覚で渡したようだ。ボクサーが三分間を体で覚えているのと同じで、そのような原稿を書き慣れている人は、訂正箇所がたくさんあったとしても、清書をしてみるとそれほど依頼した枚数と変わらなかったのはさすがだった。

また字が汚い人、癖字の人も困った。しかしこれも古文書を読み解くのと同じで、何度も見ているうちに、それが何なのかがわかってくる。なぜか字のきれいな人ほどきちんと締め切りを守り、文字に問題がある人に限って、締め切りに遅れがちだった。そういう人たちには、判読する時間を見越して早めの締め切りでお願いするのだが、あちらもいろいろと考えていて、同じく寄稿している人に連絡を取り、

「締め切りいつっていわれてる?」

と調査しているようだった。字のきれいな人と同じ締め切り日に渡してくれるのならまだしも、ぎりぎりまで渡してくれず、そのうえ字が判読しづらいとなると、入稿のときは地獄になっていた。

しかし書いてくれる方々が、老舗のもの、文房具店で売られている一般的なもの、特注のもの、二百字詰めのものなど、自分の好みの原稿用紙を選び、また鉛筆、万年筆、シャープペン、ボールペン、サインペンなど、好きな筆記用具で手書きで書いた原稿用紙を見ると、字のきれい、汚いは関係なく、原稿を書き上げるまでの労力、苦難が手に取るようにわかり、

その人が書いた原稿がそこにあるだけで、軽々しく扱えなかった。

それを実体験として知っているので、私は、内容はともかく、締め切りを守り、字はできる限り丁寧に、を心がけるようにした。私は原稿の文字が大きいため、ルビ罫つきだとスペースが窮屈なので、ルビ罫なしの枡目が大きなものを使っていた。

ハーレクイン・ロマンスについての原稿は、ふだん書いている原稿よりも長めだった。結局、送っていただいたもの全部ではなく、ワンパターンのなかでも、登場する男性のパターンが少しは違う十数冊を選んで、原稿を書いた。まず必ず書くことを忘れないようにメモ用紙に箇条書きにした。出てくる男がワンパターンなこと、げっと思うような、クサい台詞にうっとりする女ばかりなこと、そして多少の波風は立っても、必ずハッピーエンドになること。それが私にとっては、つまらないのだが、とっても人気があること。これらがこのロマンス小説を読んだ経験がない友だちに対して話したい事柄だった。そして書いているうちに、

「恋愛小説の水戸黄門」

という語句が浮かんできて、それを結論にした。他所《よそ》の雑誌の、それもちょっとふだんよりも多めの原稿量で緊張していたのか、原稿は手渡す前に五、六回書き直した。

しばらくすると同じB社のスポーツ雑誌から取材をする連載の依頼がきた。写真も何点か入るのだけれども、大判の雑誌で四ページ分もあった。以前、音楽雑誌の編集部にいたときに、何度か取材はしたが、A4判見開きで八人分の、写真つきの短いものだった。もともと面識のない人に会うのは苦手なので、こういう仕事ができるんだろうかとずいぶん悩んだけ

れど、お引き受けした。

今は興味を持たれて仕事をもらえるけれども、そのうち飽きられるだろうと私はずっと考えていた。この状況はたまたまなのだと。仕事もなくなって勤め人に戻ったら、ふだんはまったく接点がない人々の話を聞く機会もなくなるだろうし、申し訳ないが取材の仕事は、自分の経験のひとつとして考えるようにした。それで自分の書く仕事の幅が広がるとか、また、広げたいといった気持ちはなかった。

優雅には書けません

自分が原稿を書くようになるなど想像もしていなかった頃、テレビや映画などで、作家が机の前に座り、原稿が書けずに、

「うーん」

とうなりながら、髪の毛をかきむしるといった描写をよく見た。そのように描かれているのは男性ばかりだった。

また、分厚い本が書架に並べられている立派な書斎に重厚な机が置かれ、その前でブランデーグラスやタバコを片手に、親と同年配の男性、女性の作家が、

「優雅に書いています」

とアピールしている広告も見た。私は、

「へえ、作家ってそうなのか」

と思いながら見ていた。作家という肩書きがつく人は、みんなああいうものなのだと思っていた。

特にそのような姿を見せられても、うらやましいとは思わなかった。本が置きたいだけ置ける部屋は欲しいけれど、重厚な本棚でなくてもいいし、立派な書斎である必要はなかった。彼ら、彼女たちの暮らしぶりに憧れる気持ちもないし、私には実現できるわけもない。物書きになった将来の自分を思い描くより、目の前にぶら下がっている、会社と原稿書きの仕事を、こつこつとやるしかなかった。後年、その広告に登場していた女性の娘さんが、「ママは書くときに書斎は使わないし、ブランデーグラスなんて持ったこともないのに、広告を見てびっくりした」といっていたのを読んで、やらせと知ったのだった。

そういった作家の方々は、何百枚もの原稿を書いて一冊の本にするのだけれど、私は依頼される枚数が、十五枚に、二十枚にとなると、相変わらず不安になっていた。私には書く内容よりもまず枚数が問題だった。原稿を仕上げるときは以前も書いたように、長めに書いて余分な部分を削って渡す。枚数が増えると当然ながら、前段階に書く分量も増える。正直、下書きとはいえ、枚数を多めに書くのは面倒くさかったが、それは原稿を書き上げるために必要な手順なので仕方がない。ぱぱっと一発で依頼された枚数が書ければ、どんなにいいだろうかと、いつも考えていた。書いても書いても終わらない気がした。そしてこんな面倒くさがりの私が、書く仕事なんてできるかと何度も感じていた。

書き下ろしを依頼してくださったB社の出版局長とは、ひと月に一度、いつも夜の雰囲気が漂っている、会社の近所の喫茶店で話をした。そのときに、枚数が多くなると書けるかどうか不安と相談すると、

「それは書いていくうちに慣れるから大丈夫。最初から自分が思うような枚数を書ける人なんて、ほとんどいませんよ」

といわれた。

「書き続けていけば、何とかなるものですよ。心配する必要はないです」

そういわれても、書き続けられるかどうかもわからないし、正直、私は書く仕事に、まだそこまで熱意がなかった。書斎で優雅にブランデーグラスを手にしている作家は、住んでいる場所も書いている原稿の枚数も、私とは別世界の人たちだった。

「あなたに書いて欲しいという仕事がきているのだから、それをきちんとやって、そして私が依頼した件も、忘れないでください。また来月、お目にかかりましょう」

彼はコーヒーを飲んで帰っていった。

アパートへの帰り道、こんな小娘のために、わざわざ来てくださって、本当に申し訳ないと、そればかりを考えていた。まだ海の物とも山の物ともつかない私のために、時間を割いていただいたり、雑誌の四ページ分を書かせていただくのも、それで本当にいいのだろうか。見ず知らずの人に会ったり、世の中で起きていることを見聞きするのも、いい経験になるとは考えていても、自分がちゃんと仕事がこなせるかどうかが大問題だった。

スポーツ雑誌の仕事には緊張した。夜の取材のときは仕事が終わってから、それ以外は会社が休みの、土日のいずれかの日に取材先に向かった。これまでの仕事はいちおうテーマはあるものの、自分の好き勝手に書いていたが、今回は個人とは限らないが取材する相手がいる。一人に対して考えを聞くというインタビュー記事ではなく、たとえばプロレス会場にいる人々にも話を聞いたりするのだが、少しでも話を聞いた相手を不愉快にするのは避けたい。しかし書く立場としては、自分が×だと感じたものを○とはいえない。

担当編集者のSさんにそう話すと、

「好きなように書いていいですよ。もし問題が起こったら、こちらで責任を取りますから」

といってくれた。それで少しはほっとしたのだけれど、あちらこちらの場所に行って、四百字詰めで十三枚の原稿が書けるかどうかは、実際に原稿を書きはじめても、自分ではわからなかった。

室内で対面して相手の話をうかがうときは、許可を取ってテープに録音させていただいたが、その他は目の前で起こる出来事を、メモではなく映像として頭の中に残しておいた。最初は不安なので保険をかけて、メモを片手に何でもかんでも目に付いた事柄を書き留めていたのだけれど、いざ原稿を書く段になると、メモの要不要を選別する作業が煩雑になった。以降、取材をするときは、固有名詞やポイントとなる発言など必要な場合を除いて、メモを書くのはやめてしまった。文章や文言で確認するよりも、自分の頭の中に残しておいた映像を、あとで再生するほうが、私にはずっと効率がよく書きやすかった。

取材が終わると、多くの場合、Sさんが会社のカメラマン氏と私に晩ご飯をごちそうしてくださるので、料理が来るまえに三人で軽く内容の打ち合わせをした。カメラマン氏が取材のポイントになる、大きく掲載したい写真について話すと、私はその状況を頭に思い浮かべた。三人ともいつも揃って行動しているわけではないので、私が見ていないものを彼らが見ている場合があり、もちろんその逆もあった。それらをすりあわせ、写真とキャプションでわかるものは、原稿では特に詳しく書く必要がないと考えた。

取材後、現地解散のときは、家に帰るとすぐ、頭の中に残っている、取材で見聞きした絶対に忘れてはいけないポイントをメモしておいた。そして原稿を書く前に、録音しておいたテープを聞く。しかし一時間、テープを録音したとすると、再生するのに同じ時間がかかってしまう。また最初から最後までずっと重要な話というわけではなく、話のポイントはところどころにちりばめられている。いちおう何かあったときのために、三十分以上、話をうかがう場合は録音させていただいていたが、原稿を書くときには、話を聞きながら書いていた、発言のなかのポイントのメモのほうが役に立った。

話の内容を原稿に組み入れるとき、いちばん困ったのが、相手が本心で話していないのではと感じたときだった。

「どうしましょうか」

Sさんに相談すると彼は、

「そのように感じたのだったら書いちゃっていいですよ。横で聞いていて私もそう思いましたもん」

という。といっても、それをどのように書くかが難しい。まさか文中で、

「担当のSさんもそういっていました」

と書くわけにもいかない。このときにはじめて、ペンネームであっても、名前を世間に晒して書く、責任がある立場をつきつけられたような気がした。

その連載は、スポーツ界がどうのこうのといった深刻な企画ではなく、今は無くなってしまったが、麻布十番温泉に集う人々とか、原宿の竹の子族とか、女子プロレス観戦記など、くだけた内容のものばかりだった。しかし甲子園での高校野球について、強豪校の監督に話をうかがったときには、これはオフレコといったとたんに、高野連への不満が噴出してきて、

(これは書けないなあ……)

と思いながら話を聞いていた。書けない話がいちばん面白かった。しかし取材を受けてくださった方々が、ど素人に毛の生えた程度の私に、きちんとお話ししてくださったことには本当に感謝している。

平日は六時まで会社で仕事をして、家に帰って晩ご飯を作って食べ、それから原稿を書いた。大家さん宅の離れの一戸建てに引っ越した直後、孫が結婚してそこに入るから出ていって欲しいといわれて困ったのだが、ちょうど「本の雑誌」の校正をしてくれていた女性が引っ越すというので、彼女が住んでいた吉祥寺の風呂なしのアパートに引っ越した。銭湯が路地を挟んで目の前にあるのはとても助かった。

風呂なしの部屋に住んだ経験がなかったので、最初は風呂なしっていったいどういう生活なのかと身構えていたが、銭湯は真ん前だし、風呂掃除をする必要もないし、女湯はネタの宝庫だったし、いいことずくめだった。そこで物書きはすべての経験がネタに結びつくのを

知ったのである。

晩ご飯を食べてひと息つくと銭湯に行き、帰ってきてから原稿を書いた。毎晩、深夜放送の第一部が終わる三時頃まで書いていた。第二部がはじまったら寝て、睡眠時間は四時間くらいだった。それでもまだ若かったからか、体調には問題がなかった。

書き下ろしの依頼も増えていった。不安になりつつもなぜ仕事を引き受けていたのかを考えると、結局は書くのが面倒くさいといいながらも、いやではなかったからだろう。幸い、書くネタは山のようにあり、依頼を受けてもどれも書けそうな気がしていた。つまり、友だちに話せるネタが、頭の中にたくさんあったのだ。

順番からいえば、B社からの依頼を最初に書かなくてはならない。その旨を他社の方々に話すと、

「それではその次に」

といわれた。失礼がないように、順番はきっちりと守るようにした。わかりましたと返事をすると、次にまた書き下ろしや連載の話がくる。声をかけてくださったのは、編集長の椎名さん担当の人が多く、どの方も顔なじみだった。

依頼された原稿を全部引き受けたとなると、今でも睡眠時間が四時間くらいなのに、それ以上短くなる可能性が大で、そうなったら人間として機能しなくなる。

「今はできませんから、締め切りを先に延ばしていただけませんか。もしだめならこのお仕事はご遠慮させていただきます」

そう担当編集者に返事をすると、

「いいですよ。でも順番は守ってくださいね」

と快諾してくれた。

月に一度の、B社の出版局長との「あなた、書いてますか」とはっきりとは口には出さないけれど、軽くプレッシャーがかかる面談も、きっちりと続いていた。とにかく約束なので、最初に原稿を渡すのは守りますといい、依頼された仕事の量が予想以上に多くなって大変だと現状を話すと、

「あなたはこれまで、人生では苦労してきたかもしれないけれど、書くことに関してはまったく苦労をしていないのだから、これくらいがんばってやりなさいよ」

と叱られた。その通りだった。

世の中には自分の作品を発表したいという人が多いのは、学生時代から知っていたし、彼らがどれだけ本気なのかも理解していた。みんな、何度応募しても小説誌の選考に落ちて苦労していた。それを見て、「大変だねえ」と慰めていた私に、今は原稿の依頼が次から次へときている。どうせここ数年だけの話だからと自分にいいきかせながら、会社の経理の帳簿の帳尻が合うまで、黙々と電卓を叩き続けるのと同じように、深夜まで原稿を書いていた。

会社をやめる

毎日、昼は会社、夜は依頼を受けた仕事をし、睡眠時間は四時間程度でこなしていた。休みの日は取材が入っている場合が多く、終日、休めるわけではなかった。最初はそれでも問題なくやっていた。会社で仕事をしていると、眠気が襲ってくるのだが、それはブラックコーヒーをたくさん飲むことで解消していた。

眠気はそれで収めていたが、問題は仕事のミスである。それによって大問題が発生したわけではなかったが、退社前にその日にした仕事を点検していると、請求書の金額が違っていて、そこここに不備が見つかった。自分でいうのもなんだが、それまでほとんどなかったのにである。私が主にやらなくてはいけない仕事は経理で、当時はパソコンもなく、計算は電卓、帳簿、領収書、請求書すべてが手書きだった。

おかげさまで「本の雑誌」は売れ行きがよくなり、扱ってくれる書店も日本全国に増えていった。地方・小出版流通センター扱いの書店は、そこからまとめて納品してくれるのだが、それ以外は直販なので、こちらで梱包して郵便局から発送したり、社長とボランティアの大学生が、レンタカーや電車で書店に納品したりしていた。数字の間違いは許されないのに、私の計算ミスは増えていった。一部の書店からは、

「こんなミスのある請求書に対して、お金は払えない」

といわれ、ボランティアの学生さんが、後日、正しい請求書を持って集金してくれた。私のミスのせいで、彼らに時間を取らせ、いやな思いもさせてしまった。これはいかんと自分でも考えた。私の基本はここの会社の社員であり、初任給は三万円だったが、雑誌の売れ行きがよくなるにつれて、お給料も上げてもらったし、ボーナスもいただけるようになった。私が書く仕事をしていることについては、会社からは何もいわれなかったけれど、この状態では両方を続けられそうもないと感じるようになった。そう思いながらも、そんな生活をだらだらと二年以上続けてしまった。三十歳を前にして、私は今後どうするかを決めなくてはいけない時期がきたのだった。

そんなときに毎月、近所の喫茶店に足を運んでくださるB社の出版局長から、

「いつまで会社に勤めているんですか」

と聞かれて、

「うーん、私も悩んでいるところで……」

としどろもどろになった。実際、月給と比べて、原稿料収入は三倍になっていた。そのおかげで、それまでは欲しくても、買うのをためらっていた本は、金額を気にせずに買えるようになっていた。もちろんその分、自分の自由な時間はない。眠りたいときに眠れないし、

無理して起きていたのである。

「会社に勤めて何年でしたっけ」

「六年近くなりました」

「もうそろそろいいんじゃないですか。やめても」

「えっ、でもそうなったとして、私は生活できるでしょうか」

それがいちばん心配だった。自分でもどうせあと五、六年で飽きられるだろうと思いながら依頼された原稿を書いてはいたが、その五、六年の山を越すこと自体、会社に勤めながらでは、難しくなりつつあった。

「まあ、私が思うには、大丈夫なのではないでしょうか。断言はできないですが。あなたも頑張らないといけないですけれどね」

「それはそうです」

彼の言葉に私はうなずいた。たくさんの作家を見てきた方にそういってもらえて、多少、胸のつかえがおりた。現在の自分にとってより魅力があるほうを考えると、会社で電卓を叩いている仕事は、自分には向かないにしても生活は安定するが、原稿を書いているほうが、大変だけれど魅力はあった。

「本の雑誌」は自分も大好きだったし、最初の頃は、この雑誌をもっと多くの人に知ってもらいたかった。会社内には社長と編集長以外に私一人しかいないので、事務的な仕事は全部私がしていた。広告の版下を作り、お金の計算をし、編集長への仕事の依頼の電話も受けていた。会社内で様々な仕事があった。しかし雑誌が売れていくにつれて、手伝ってくれる人も増えて、私が会社でやるのは経理で電卓を叩くのと帳簿を付けることのみになった。それは社長と編集長が私を信頼してくれていたからなのはわかっていたけれど、私にいちばん向いていない仕事だった。

会社が扱う金額も増えてきたので、ど素人でおまけにお金の計算には弱い私よりも、きちんとした経理の人を入れたほうがいいのではないかと、社長に話したこともあったが、それは却下されてしまった。社長としては社内の人間関係のバランスを崩したくなかったのだろう。私は本を作りたいと思っていたのに、任された仕事は違っていた。会社のこれから先を考えると、電卓でさえ打ち間違える数字に弱い私が、大きなお金を扱うのは難しいことはわかりきっていた。このままではどちらにもよくない状況になっていた。

考えた末、三十歳になるその年末で会社をやめると決めた。その年の七月には、それまで書いたエッセイを集めた『午前零時の玄米パン』を会社が出してくれた。カバーなしの直接本体にプリントする装丁で、これだと汚れたカバーを掛け替えるということができないので、在庫を抱える版元では躊躇する方法なのだが、編集者や書店の人たちからは、贅沢な作りと驚かれた。

本が出版されるなんて、人生において画期的な出来事なのかもしれない。私はありがたいと社長にも編集長にも感謝したし、とても気に入った本にしていただいたのは間違いないのだが、どこか他の人が本を出したような感覚があった。本が出来上がったときは、社員として、配本、発送のために納品伝票を山のように書き、注文された部数を梱包し、切手を貼って郵便局から発送する準備をしなくてはならなかった。本が出てすぐにうれしいと思う暇などなかった。自分と「群ようこ」は会社にいるときには、一致していなかった。

父親を見ていて、絶対にフリーランスはいやだと思っていたのに、結局、自分もそうなってしまった。会社をやめると知った編集者からは、それまでは単発が多かったけれど、連載の依頼が複数きた。依頼されていた書き下ろしの原稿を、すでに何本か渡していたB社の出版局長には、

「よかったですね。私もほっとしました。これからは連載は月給、本はボーナスと思えばいいですよ」

といわれ、ああ、なるほどと思った。とりあえずこれから二、三年先の収入は確保されたけれど、どうせ仕事があるのは、あと五、六年、という考え方には変わりはなかった。まだ三十代前半だったら、パートタイムの仕事は結構あったし、それで何とか食べていけるだろうとふんでいた。一生、これで食べていこうなどとは考えていなかったし、できるとも思っていなかった。

会社をやめて朝七時に起きなくてよくなった私は、やめた当初はびっくりするくらい寝ていた。やはりそれまでの睡眠時間が足りていなかったのだろう。夜に原稿を書くのが何年も続いていたので、自然と夜型になっていた。最初は通勤がないので、起きてもしばらくぼーっとしていて、一日が丸ごと自由になる生活に慣れていなかった。こんなにぼーっとしてい

ていいのだろうかと、とりあえず朝食兼昼食を作って食べた。その頃は風呂なしのアパートから、1DKのマンションに引っ越していて、毎日、近所の井の頭公園を散歩した。緑を眺めながら池の周りをてくてく歩いていた。

公園には、幼い子どもを連れたお母さんたちか、老人しかいなかった。働いているか、子育てをしているか、どちらかであるはずの年齢の女が、日中、ぷらぷらと一人で歩いているのは、三十数年前では変な光景だったのだろう。散歩をしていると、じーっと見られたことは何度もあった。今はそんなこともないだろうが、当時はそうだったのである。

会社をやめて、いちおう物書き専業にはなったものの、原稿を書くのがいちばん好きというのではない私は、朝から晩まで机に向かっているわけではなかったし、そういう生活は望んでいなかった。依頼された仕事を片っぱしから引き受ければ、それは収入と正比例するので、収入も上がるかもしれないが、自分の生活を犠牲にしてまで収入を上げたいとは考えていなかった。

私の感覚からいうと、原稿を書くのは、残業なしで、きっちりと勤務時間が決まっている会社に勤めているのと同じだった。一日中、机の前に座って、機械のように原稿を書きまくるなど、とてもじゃないけれど考えられなかった。基本的に自分の生活、たとえば自炊をして御飯を食べ、散歩をしたり編み物をしたり音楽を聴いたりするなかに、生活の糧としての原稿書きがある。会社に勤めている人たちも、仕事をしている時間はあるけれど、その他の時間は自分の自由に使うだろう。それと同じだった。原稿を書かない日はあっても、散歩を

しない日はなかった。それでいつも、
「あの人、若いのにどうして昼間からぷらぷらしているんだろう」
と不審の目を向けられ続けたわけだが、だいたいその時間帯にいる人は同じなので、半年ほどしたら、私のことは「そんな人」として認知されたようで、視線を向けられることもなくなった。

とにかく生活に時間的な余裕がないといやなので、締め切りぎりぎりになってあわてて書くのではなく、一週間から十日くらい前から、どのように原稿を書こうかと、つらつら考えはじめる。テーマは私がこれまで会った人や、友だちから聞いた話である。机の前でじっと考えていても、何も浮かんでこないのに、散歩をしていると次々に単発的に文章が浮かんでくる。それらには何のつながりもないのだけれど、ああ、この文章はあの原稿に使えるなあ、これはあっちの原稿の終わりの部分にいいかもしれない、などと思いながら、家に帰った。

散歩の結果、頭に浮かんできたいくつかの文章を、帰ってきてからメモ用紙に書き留めて、それから書きはじめた。私にとって散歩と原稿書きは、切り離せないものだった。公園のような自然の多い場所に限ったわけではなく、商店街や町内を歩いていても同じだった。とにかく歩いていると、次々に文章も浮かんでくるし、新しいネタにも出会えた。

締め切りに関しては、私も本の雑誌社で原稿を催促する際に困った経験があったので、なるべく編集者には迷惑をかけないように、早めに渡すようにしていた。会社をやめた直後に、のちに『無印良女《むじるしりょうひん》』としてまとまった連載の依頼があり、のちに『無印〇〇物語』と続いていく、小説の連載を依頼された。

「大学の課題では書いたことはありますけど、それ以外ではないんですけれど」

と編集者に相談した。

「いつも書いているエッセイの延長でいいんですよ。小説は脚色ができるのだから、枚数は多くても書きやすいんじゃないでしょうか」

とアドバイスをしてもらった。それでも小説で二十枚となると、結構、大変だった。書いたのはいいが、これが小説として成り立っているのかはわからない。とりあえず二十二、三枚ほど書き上がると、いったん丸一日寝かせて、自分の手から放す。この間に誰かが面白く書き直してくれればいいのにといつも思っていた。そして次に手に取ったときは、読者として原稿を読む。あちらこちらの不備や、ここはもうちょっと書き足したほうがいいのではと感じた部分に赤字を入れて、また書き直す。それを何度か繰り返して、編集者に原稿を渡した。連載は毎月締め切りがあるし、どうしてもその日に間に合わせなくてはならないというプレッシャーがあって、最初の頃はとても緊張していた。とにかく、友だちに話して面白がってくれるように、この原稿を読んだ人が面白がってくれるのだろうかと、それだけが気がかりだった。

すきま産業

原稿の依頼があっても、幸い、書くネタはまだたくさんあったので困らなかった。書く上で、いちばん画期的だったのは、ワープロが登場したことだった。それまでは原稿用紙に手書きで、肩凝りがひどい私には、本当に辛かった。不思議なことに、使っている右肩だけではなく、直接書くときには使わない左肩も凝った。

編集者に、

「どうして日本語は、外国語のように、両手でタイプライティングができないんでしょうね」

と嘆くと、

「うーん、和文タイプはありますけどねえ」

といった。

和文タイプは、日本語の文章を活字体で作成する機械で、私が若い頃にはタイピストの検定試験があり、それに合格していると就職の際に有利という話もあった。和文タイプは両手でキーを打つのではなく、枠の中に並べてある活字から、打ちたい字を選ぶと機械が拾い上げ、それを一文字ずつ、インクリボンごしに紙に打ち付けて印字する作業が必要だった。日本語はアルファベットとは違い、漢字、ひらがな、かたかななどを使うので、その活字の量も膨大になる。そこから一文字、一文字探して打つのは、まさに熟練の技で、ど素人にはとても無理だった。和文タイプは主に書類の清書として使われていたようだ。

一九八〇年代、ワープロが一般に売り出されたときは本当に天の助けだと思った。タイプライターのように両手で原稿が書けるのは、私には大きな進歩だったのである。すぐに購入して、その使いやすさに感激した。四角いフロッピーディスクなど、手軽に使える記録媒体も登場して、原稿を書いている間や、渡した後にトラブルがあっても安心だった。編集者が原稿を受け取った後にそのまま酒を飲みに行き、泥酔して電車の中に原稿を忘れて大騒ぎになった話はたまに聞いていた。渡す側がコピーを取っているのならまだしも、今ほどコンビニにコピー機などはなく、コピーはまだどこででも気軽に取れるものではなかった。世の中にひとつしかないものを扱うのは、自分が書いたものであっても神経を使った。編集者のなかには、万が一のために、原稿をもらうとすぐに会社でコピーを取るという人もいた。もし何らかの理由で原稿がなくなり、もう一度書けといわれたら、私は三枚程度の短いものでも、書いたときと同じようなテンションにはなれない。

原稿を書き上げると、出版社に届けに行くのは相変わらずだったが、編集者が家の近所の喫茶店まで取りに来てくれることもあった。しかしだんだんそのような時間も取れなくなり、ワープロのおかげでＡ４サイズの紙に印刷できるようになったので、便利を優先して泣く泣くファクシミリを買った。現在の家庭用ファクスの四倍くらいの大きさで、たしか二十四万円だった。何本かの原稿料がふっとんでいった。

ファクシミリのおかげで、原稿が控えとして手元に残るので、その点は安心できたものの、その仕組みがどうなっているのかは、まったく分からなかった。送信する原稿の表裏を逆にしてしまい、先方には延々と白い紙が送信されていたとか、イラストレーターの方が同様の間違いをしてイラストを送信したら、裏写りした点や線がうっすらと見える紙が先方に届き、それを受け取った編集者が、

「これは何かの暗号かもしれない」

と必死に考えたという話も聞いた。文明の利器が導入されはじめた当初の話である。

書くという作業が格段に簡便化されて、私にとってはとてもありがたかったが、

「原稿は手書きでなければ」

という作家の方々もいた。身を削って書くものだから、我が身を使わなければという考えである。たしかにそうではある。しかし当時の私はどうせ書くのであれば、楽なほうがよく、自分の体にもいいと思った。少しでも書く時間が短縮できれば、プライベートの時間が増える。それによって書いた原稿が面白くなければ、それまでのことだ。

仕事なので、楽ばかりを望んでいるわけではないが、最低限のやらねばならない辛さを受け入れたら、自分にとって無駄だと感じた部分は排除したほうがよい。私が原稿を書きはじ

めた当時は、まだ若かったし、年長の作家の方々で、すぐにワープロに替えたという方の話はほとんど聞かなかった。たしかに一からキーボードの練習をしている暇があったら、原稿用紙に書いたほうが早いだろう。私はピアノを習っていた分、十本の指を動かす作業には慣れていたのかもしれない。

キーボードを触っているのは、とても楽しかった。打つのに慣れる練習法で、流行っている歌に合わせて、歌詞をキーボードで打つというものがあった。これは、ただやみくもに打っているよりも、習得が早いともいわれていた。テンポが速い曲は難しく、ゆっくりした曲はやりやすい。私はラジオから流れてくる、流行っている曲を聴きながらキーボードを打ち続け、ミスタッチを減らすように練習した。一週間くらいでとりあえずはブラインドタッチができるようになった。間違えたとしても、原稿用紙とは違って、すぐに画面上で消したり、移動したりできるのは、本当に楽だった。もしもこの世の中にワープロやパソコンなど、キーボードが導入されていなかったら、私は今の年齢になるまで、書き続けていられたかどうかわからない。その前に体への負担が大きく、相当なペースダウンを強いられていただろう。

私が原稿を書いていて、読んでくれた人からいわれていちばんうれしいのは、

「面白かった」

だった。新しい書き手が出てくると、取材をしてくれる媒体があるけれども、先方のほとんどの人が、「念願の作家生活」とか「将来の目標、希望」とか、そういった内容の質問をしてきた。それに対して、

「特にありません」

というと、相手はきょとんとした顔をする。物書きになりたいという人は多いので、私もそんな立場を「獲得」したうちの一人というニュアンスなのだ。しかし本を出してくれたのは、自分が勤めていた出版社だし、いちおう単行本化を前提に、連載の話もいただいているけれど、それから先はどうなるかはわからない。たしかに会社をやめるときに、勤め人か物書きかの選択で物書きを選んだが、新しいことをやってみようというのと、その時点で物書きのほうが収入がよかったというのが理由だった。夢の実現とはちょっと違っている。しかも何の保証もない。台の上からえいっと足を一歩踏み出して、綱渡りをはじめたようなものなのだ。

取材をしてくれる人たちが、まだどうなるかもわからない私に対して、成功者のようにいうことに違和感があった。「念願が叶いました」「これからも長く読み続けてもらえるようにがんばります」と私がいえば、うまく取材記事もまとまるのかもしれないが、万事、「特にないです」「夢はありません」という具合でやる気が足りないので、相手も困ったに違いない。

私を励ますつもりだったのだろうけれど、年下の編集者から、

「がんばって賞を取りましょう」

といわれたこともあった。

「はあ?」

と返事をしたら、怪訝そうな顔をされた。

「私はそういうものをめざして原稿を書いているわけじゃないので」

というと、理解できないという表情で黙ってしまった。長く読み続けてもらえるのだったら、それはそれでうれしいけれども、たとえば本を読んだ後、

「ああ、面白かった」

といって本を捨てられたとしても、それでいい。その人の限られた一生の時間のなかで、「面白い」と感じてもらえた瞬間があれば、それで十分だった。後世に名を残すなんてみじんも考えていないし、そんな作品を書く能力は私にはない。きちんとした研究者でもないし、文章を分析できる評論家でもないし、流麗な文章を書く作家でもない。私がやっているのはすきま産業なのである。王道を歩む作家の方々が、立派な道路を造っていくその脇の細道で、スコップでちまちまと土を掘り起こしている感じ。ただ暮らしているなかで、辛いこととかつまらないことがあって、気分がいまひとつの人が、私の本を手にとって、少しでも気持ちが明るくなってくれればいいと思っているだけなのだ。

本を読んで面白いという人もいれば、つまらないという人もいる。それは当然である。全員が面白いというほうが変なのだ。見慣れない人間が出てくると、それを叩きたくなる人がいるのは、今も昔も同じで、一冊目の本が出て数年くらいの間は、

「お前みたいな者がなぜ本を出せるのだ」

と怒っている手紙が何通もきた。そういった手紙は、なぜかみなボールペン書きの茶封筒

で匿名だ。どうして堂々と名前を書かないのかは不思議だったが、内容としては、「お前の書くものは本を出すようなレベルではないのに、恥を知れ」というものだった。そんな怒りの文面を読んでは、

「本当にそうですよね」

と同意して、手紙はゴミ箱に捨てた。なかには妄想癖があるのか、

「椎名氏や目黒氏に原稿を書いてもらっているくせに」

といってくる人もいて、

「何だ、そりゃ」

と苦笑するしかなかった。

SNSが発達した現在では、新しくデビューした人たちは相当に大変な思いをしているのではないだろうか。いちいちそんなことを気にしていたらやっていられないので、どうでもいい悪口は無視するに限る。

「お前なんか……」

といってくるような輩は、その見下している「お前」よりも幸せになれるわけがないのだから、放っておけばいいのだ。

よく文章がうまいとか下手とかいうけれど、私にはよくわからない。たしかに本を読んでいて、

「この人は文章が上手だなあ」

と感心する作家の方はたくさんいる。母校に講義のゲストに呼ばれると、いつも学生さんから、

「どうすれば文章がうまくなりますか」

と聞かれるのだが、そのたびに、

「それは私も知りたいです」

と返事をしていた。ただそのときに話すのは、「歌がうまい歌手の人がすべて売れるわけではない。歌がそれほど上手じゃなくても、売れている人はたくさんいる。だから文章がうまいに越したことはないけれど、それよりも自分の個性を表現するほうが必要なのでは」ということだった。同様に、

「売れる本はどうやって書いたらいいですか」

とも聞かれるのだけれど、それも「私も知りたい」と返事をするしかなかった。ベストセラーを分析して、テクニックを教示できる人もいるだろうけれども、私にはわからない。考えたこともないからだ。売れたか売れなかったかは結果であって、売れることが目的ではない。出版社はそれも大切なので、編集部と営業部でいろいろと話し合いもあるのだろうけれども、それは物を書く立場の者が首を突っ込む問題ではない。

「それは私よりも、編集者の方がゲストにいらしたときに聞いてください」

といっておいた。

自分について考えると、理屈ではなくて感覚で書いているところがあるので、どうやって

書くのかと聞かれると答えるのに困ってしまう。とにかくプロットも作らないので、物を書くセオリーからははずれている。でもそれが自分のやり方になってしまったので仕方がない。基本的に物書きとしてきちんとしていないのだ。

海外旅行記

ワープロは東芝のルポから、名前がちょっと恥ずかしい、NECの文豪に買い替えて使っていた。ルポはキーボードと一体型で、問題なく使用できるという期間の三分の一ほどで、だめになっていた。キーを打つ力が強かったのかもしれない。そこで何回か買い替えるはめになったのだが、文豪で「夏目漱石」と打つと、一発で漢字変換されるのに、「芥川龍之介」と打っても、そうはならないといわれていて、試してみたら実際にそうだったので、面白いなあと思っていた。

キーボードを触るのがうれしくて、仕事をいやだと思ったことはなかったが、物書き専業になって五、六年は、珍しがられて様々な依頼がきた。でも仕事については自分の寝る時間を惜しんでまで、受ける気持ちはなかった。なかには締め切りが三日後とか、ひどいときには夜に電話をかけてきて、翌日の夜中までに書いて欲しいと、平気でいう編集者がいるのには驚いた。あまりに時間が足りないからとお断りすると、

「たった三枚なんですけど」

という。そういうならあんたが書けばいいのにといつも思っていた。メールなどまだないし、ファクスを使う人も少なかったので、すべて電話でのやりとりだった。そのまま引き下がってくださる方はいいのだが、なかには、

「せっかく仕事を回してやったのに、断るとは何事だ」

と電話口で怒りはじめる人もいた。そして、

「仕事をはじめたばかりなのだから、どんな依頼でも受けるのが当たり前だ」

と延々と説教をする。私は面倒くさいなあと思いながら、はいはいと聞き流し、

「でもお引き受けできませんので」

と返事をすると、相手は憤然として電話を切った。

なかにはエロ系の依頼もあり、テレフォンクラブで電話を受けて、男性とのやりとりを書いて欲しいというものもあった。私はもともと電話というものが嫌いだし、もしもその場にいたら、相手に合わせてうまく話をするよりも、

「こんなところに電話をかけてくるんじゃないっ」

と激怒してしまうのが目に見えていたので、お断りした。こちらは先方が無理強いせずにお引き取りくださったので、ほっとした。私が断って企画はボツになったのかな、それとも誰かが引き受けたのかなと思っていたら、その企画が雑誌に載った。その原稿を書いた女性は電話をかけてきた相手ともちゃんと会話を交わし、エロな話題にもうまく対応していて、内容も面白かった。やっぱり私は、男女のやりとりをのぞき見するには向いているが、当事

者になるのは向かないとわかった。

やりたくないなと思いながら引き受けても、面白い原稿にはならない。最初に「うーん」と思って引き受けたものが、書いてみたら意外にスムーズだったなんて、私にはなかった。書けそうだと思って引き受けたのにもかかわらず、途中で、

「あれっ」

と首を傾げ、

「この後、どうやって書こうか」

と悩んだりしたからだ。先方からのテーマを聞いて、自分が書けそうか書けそうでないかは直感で判断して返事をしていた。それでもうまくいかないときはいかないのである。

書けるはずが書けなかったときは、近所や公園を歩きまわった。いくら机の前に座っていても、だめなものはだめなので、その場から離れる。そしてぶらぶらと近所を歩きまわり、まったく関係ないものを見たり、耳に入ってくる見知らぬ人たちの会話を聞いたりしていると、歩いているうちに、ふっと頭に文章の一部分が浮かんでくる。それは単語だったりもする。それを手がかりに歩きながら頭のなかで前後の文章をふくらませ、小一時間散策して部屋に戻る。それ以上歩くと、仕事をする気が失せるので、これくらいの時間がいちばんいいのである。

散歩のついでに買ってきたお菓子に合うお茶を淹れ、それを食べながらまたぼんやりしていると、文章の続きが出てくる。そしてお茶とお菓子の時間が終わり、ワープロの前に座る

と、また両手が滞ることなく動いてくれるのだった。

スポーツ誌の連載が終わってからは、机の前に座っていて書ける、エッセイや小説の仕事が主だったのだが、海外旅行をして文庫本の書き下ろしをして欲しいという依頼が来た。私一人ではなくて、編集者数人も一緒である。当時は出版業界も潤っていたのである。友だちとプライベートで海外には行っていたし、出不精の私も空港に行くまではうんざりするのだが、いざ飛行機に乗ると胸が躍ったし、もちろん現地で何が起こっても楽しんでいた。

編集者が連れていってくれるとなったら、これは楽でいい。編集者は自分の行ってみたいところを候補に挙げるので、

「どこでもいいよ」

といって場所を選んでもらっていた。

海外へいってもその場でメモは取らなかった。仕事とは考えずに、ただの旅行者として現地を移動する。その日の夜、ホテルの部屋で一人になったときに、メモを残しておいた。当時はインターネットも普及していなかった。検索したら海外の有名ではない地方の名称や、店の名前などがすぐにわかるような状況ではなかったため、固有名詞だけは間違えないようにした。

旅行中のたくさんの情報のなかで忘れているものもあるだろうが、それはそれでいい。スポーツ誌の取材のときと、基本的には同じだった。目についたものを何でも書こうとすると、とっちらかるので書くときには対象を絞らなければならない。それを自分の記憶に頼ったの

である。いちばん心配だったのは、「日本に帰って何も覚えてなかったらどうしよう」だったのだが、担当編集者各氏のキャラクターに恵まれたせいか、忘れたくても忘れられない出来事が山のように起こった。こちらもネタの宝庫で書く際に苦労した覚えはなかった。

旅行には雑誌、単行本、文庫の編集者がついてきてくれたのだが、単行本の担当編集者が、

「キャラ不足なので、前任者も呼びました」

と以前に担当してもらっていたものの、その後別の部署に異動した人も来てくれた。仕事というよりも、仲間同士でわいわいと旅行をしている気分だった。といっても事前に私が現地で行きたい場所の候補をいくつか知らせておくと、編集者がスケジュールを決めてくれる。私は日々のスケジュールを聞いて、

「はいはい」

とうなずくだけでよかった。そしてあとは、みんなの後にくっついていく。本当に楽をさせてもらった。

しかし彼らも私に楽をさせてばかりではいけないと思ったのか、

「明日の朝は、群さんの部屋のベランダで食事をしたいので、みんなの分の注文をお願いします」

と頼まれた。

「ええっ、私が?」

と困惑したが、これもネタのうちと我慢して、英語もろくにできないのに、ぜーぜーいい

ながら、全員分のルームサービスを頼み、それが時間通りに間違いなくワゴンで運ばれてきたときには、どっと疲れた。出かける前に一仕事を終えた気分だった。

海外旅行記が出た後、初対面のイラストレーターの人に、

「群さんはあの旅行にお金を出しているんですか」

と聞かれた。全部、出版社が払ってくれていると返事をしたら、

「じゃあ、次は私も誘ってください」

といわれてびっくりしたこともあった。

会社をやめて八年ほどして、近所に仕事部屋を借りた。仕事をはじめたとき、そんなに依頼が続くわけがないと考えていたが、まだ仕事はいただいていた。私は車も持っていないし、酒は飲めないし、外で遊ぶよりも家の中にいるほうが好きだし、家を買う気もまったくなかったので、貯金通帳にはどんどんお金が貯まっていった。仕事部屋を別にすれば、その家賃は経費になるだろうし、日中はともかく、夜中でも週刊誌や新聞のコメント依頼の電話がかかってくるのには閉口していた。住まいと分ければそんなこともなくなるので、友だちが事務所を借りていた同じマンションのひと部屋を借りた。

書くための友だったワープロを二、三台、叩きつぶした後、仕事場も借りたことだし、どうせならとパソコンに買い替えた。ＮＥＣのＰＣ－９８００シリーズだったと思う。画面とキーボードが別になっていて、他にフロッピーディスクを入れる機械もあった。全部揃えて、ファクスの三倍くらいの価格だった。仕事の環境を整えるのにはお金がかかるとため息をつ

きながら、必要経費と思って支払った。

しかしワープロの機能さえよくわかっていないのに、パソコンの機能がわかるわけがない。「MS－DOSって何ですか」である。パソコン通信とやらの存在は知っていたが興味はなく、インターネットと聞いても、

「そんなわけのわからないものに接続したら、変なことになるに違いない」

とパソコンはただワープロとして使っていた。それまでのワープロはラップトップタイプなので、机の上に置いて作業できたが、パソコンはあまりに大きくて、ラックまで購入して大仕事になった。最近のパソコンに同梱されているマニュアルはとても親切に書かれているけれど、当時のマニュアルは、本当に読みづらかった。一行で済みそうなことを、三行、四行も使い、おまけにわかりやすく読んでもらおうという意識がまったくなく、悪文といってよかった。私は他人の文章を読んで、ひどいと感じたことはほとんどないけれど、この初期のパソコンのマニュアルに対しては、間違いなく、

「本当に文章が下手」

といえた。もともと私の知識も乏しいし、少しでも理解しようとマニュアルを読んでも、何をいっているのかまったく理解できない。それを編集者に話したら、

「パソコン関係は、自力でやらないで、詳しい人に聞くのがいちばん手っ取り早いですよ」

とアドバイスしてくれたので、パソコンに詳しい編集者に頼んで、わからないところを質問して、教えてもらっていた。しかし彼らも説明するよりは、自分でやっちゃったほうが早

いのか、さっさと操作して、私が希望するように対処してくれたのだった。

パソコンとワープロは天と地ほどの違いがあった。ワープロの言語能力が幼児とすると、パソコンは大人だった。何回か同じ単語を入力すると、それをちゃんと認識して変換操作をしなくても最初にその単語が出てくる。変換の回数が減るので、その分、ワープロのときよりも、もっと早く原稿が書けるようになった。それによってプライベートの時間も増えた。

一方、便利なものには欠点もあって、現在のパソコンはとっても親切で自動保存機能もあるけれど、当時は保存は自己責任だった。せっかく書いた原稿が消えるのは絶対に避けたいので、フロッピーディスクに保存するのを習慣にしていたが、たまに忘れてしまった。パソコンを立ち上げて、あるべき原稿がないとわかり、あちらこちらをクリックしまくって探してみてもどこにもなく、パソコンの前で、がっくりと肩を落としたのは一度や二度ではない。いちばんひどかったのは、二十枚分の原稿を、すっとばしてしまったことで、このときはショックで仕事を続ける気にもならず、そのままうなって寝てしまった。

ネタの見つけ方？

母校で先輩として話をさせてもらったとき、物書き志望の学生さんたちに、

「書くネタはどうやって見つけるのですか」

とよく聞かれた。私は今でもそうだけれども、書くネタを探そうとして行動したことはない。日常で起こったこと、友だちから聞いた話などがネタになった。


ネタは見つけようとして見つかるものではなく、向こうからやってきたものをキャッチするもののような気がする。ジャンルが何であっても、物を作る人は他の人が見落としている部分を、さっとすくい取れる人なのだ。


私は絵が苦手なのだけれど、絵の上手な人が描いたものを見ると、

「どうしてここにこの色があるの？　私の目には見えていないのに」

と感心する。たとえば私の目には灰色にしか見えないのに、描く人は、青、茶、それどころか灰色とはまったく接点がなさそうな色まで見えていたりする。そしてそれが描く際に重なり合って、リアルな灰色の物体を創り上げる。目に見えない色をすくい取れるのが、絵を

描くプロの人たちなのだ。

それが物書きにもいえるのではないだろうか。といってもプロではない人に対して、

「あなたと私のここが違う」

とはいえない。他人様の頭の中まではわからないからである。まだ会社に勤めている頃、今は発行されていないが、「思想の科学」という雑誌から依頼を受けて連載をしていた。私に声をかけてくれた出版社のなかでは異質な会社だった。連載を読んでくださっていた山本夏彦さんにはじめてお目にかかったとき、

「群さんは変なことによく出会うんだよね」

といわれた。

「そうなんですよ。私は特に何もしていないんですけれど」

「それも物書きの能力のうちのひとつですよ。それも自分に被害が及ばないっていうのもね」

そのときは、ああ、そうなのかなと思っただけだった。ただ近所に買い物に行っただけなのに、遭遇したおばちゃんが妙な行動を取ったり、こりゃ何だという場面に遭遇したりする。私の本を読んだ友だちも、

「私なんか毎日、近所のスーパーマーケットに行ってるけど、何も面白いことなんて起きないわよ。どうしてあなただけ面白い出来事に遭遇するのかしら」

といっていた。たしかに何らかの出来事に遭遇する確率は高かったかもしれない。しかし

その場には複数の人がいたわけで、それを面白いと思うか、そうではないと感じるかは、その人によるだろう。私は物を書いているので、面白いと思えばそれをネタにするけれど、そういった仕事をしていない人にとっては、おばちゃんが騒いでいて、迷惑だったというだけの状況でしかない。他人の行動にまったく興味がない人もいる。私が面白いと思ったものを、そう感じない人もいるはずだ。みなそれぞれアンテナは違うのだから、書くネタを探しているのであれば、自分のなかでどう感覚を研ぎ澄ましているかが重要なのだろう。

冷たいようだが、「ネタはどうやって見つけるのか」といっている人は、物書きには向かない可能性が高い。まず書きたいテーマ、題材がなければ何も成り立たせられない。漠然と書きたいとか、注目されたいとか、評価されたいといった意欲だけが先行してしまうと、最終的に盗作といった問題が出てくるのではないだろうか。

エッセイスト志望の人から、

「私は自分のことを書きたくないのですが、それはエッセイを書く上でどうなんでしょうか」

と聞かれたこともあった。たしかに私はあけすけに自分の育った環境や、日常を書いているけれど、プライベートを書くのがいやだという人もいるだろう。彼女は日常のことを書きたいが、自分のプライベートを書くのにはためらう、矛盾した希望を持っていたので、

「それはエッセイを書くには向かないかもしれませんね。直接的にプライベートを書かない小説にしたらどうですか。でもどのような文章を書いても、その人となりは出てくるものな

のです。あなたが何かを隠しつつ何かに遠慮しながら書いたものを、読んでくれた人が面白いと感じたり、感動してくれるかどうかは疑問です。私は物を書くのはかっこいい仕事ではなく、見ず知らずの他人を傷つけ、自分の恥をさらすことだと考えているので」

といっておいた。

以前は、本がベストセラーになると、大々的にニュースなどで取り上げられたりした。当然、部数も発表されるし定価もわかる。実態をよく知らない人たちは、部数×定価が作家の収入になると勘違いをして、すぐに大金持ちになれると思ったりする。多くの場合、著者には売り上げの十分の一程度しか支払われず、支払いの際にそこからまず十分の一の源泉徴収が差し引かれる。また確定申告をしてあらためて所得税、住民税などを納めなくてはならない。給与所得者は振り込まれた金額が手取りになるけれど、自由業はそのなかからまたあらためて税金を払わなければならないわけである。

私が母校に呼ばれたときは、本は売れなくなっているのにもかかわらず、作家を目指す人は多いという時代のはじまりだった。実情をきちんと学生さんたちにも話しておかなければと、原稿を書く大前提として、出版社などから依頼が来なければ仕事にならないことや、平均的な雑誌を例に取って、四百字に対しての原稿料を正直に話した。コラムなどのように枚数が少ない場合は、それよりもやや単価が高くなるという話もした。そしてその原稿料から源泉徴収などの税金を引かれ、残りが支払われる。たとえば四百字一枚の原稿料の平均値を五千五百円として、大卒の初任給を二十万円とすると、毎月、コンスタントに約四十枚を書かなくては同額にならない。そしてそれは月給に換算しただけの話で、ボーナスは含まれない。

「でも原稿が溜まったら単行本になるし、三年後には文庫になるでしょう」

私は知っていますといいたげに、ひとりの学生が声をあげた。

「原稿を書けば、誰でも本にしてくれるわけじゃないんですよ。原稿の枚数がまとまっても、本にならない人もいるし、出版社が文庫にしましょうといってくれなければ、文庫にならないんです」

そう話すと、学生さんたちはえっという表情になり、下を向いて何やら計算しはじめたようだった。

「みなさんと同年配の会社員と同じような収入を得ようとすると、毎月四十枚ずつ、コンスタントに原稿を書かなくてはいけません。ボーナス分を求めるのなら、もっと書かなくてはいけないですね。本が出ると印税がもらえますけれど、もちろんそれに対して、まず税金が天引きされます。百万円以下だと一割、百万円を超えた場合は、その超えた分については二割の税金が引かれます」

「ええーっ」

叫び声ともため息ともつかない声が聞こえた。

「運よく単行本や文庫本が増刷されれば、それは不労所得になりますけれど、同じく税金を引かれて支払われます。所得税や住民税は翌年、支払うので、その分を取っておかないといけないですし」

一気に学生さんたちの顔が暗くなったのは申し訳なかったけれど、これが現実なのだから仕方がない。

「どんな仕事でもそうですけれど、傍から見るとよさそうに見えるんですよね。でも現実はこうなのです」

私も実際、広告代理店に憧れて入社したものの、想像と現実のギャップに打ちのめされたうちの一人である。多くの場合、大学生、院生は、学生のなかで年齢的にも学ぶ内容的にも、いちばん上にいるので、自分は何でもできると勘違いしがちなのである。社会に出ると、いちばんの下っ端で何もできないぺえぺえなのにだ。それを受け入れるまでは、仕事はすべて辛いだろう。

最近の、上司や先輩から注意を受けると、すべてパワハラ扱いなどという風潮も気に入らない。たしかにそういう職場もあるのだろうが、まず自分が反省する必要もあるのではないかといいたくなる。新入社員がかかってきた電話を取る、というのは仕事に慣れるための第一歩だけれど、それに対して、

「なぜ新入社員が電話を取らなくてはいけないのか」

と文句をいう輩も出てきたらしい。そして、

「今どき固定電話なんかを使わずに、当人のスマホに連絡してくればいいじゃないか」

などと屁理屈をいう。そういう状況を聞くと、

「四の五のいわずに、あんたは黙って電話を取っていればいいのだ」

といいたくなる。自分は選ばれた人間なので、雑用はしなくてもいいと勘違いしている人が多いような気がする。仕事も人生もかっこいいことなんてほんの一握りで、面倒な雑用がほとんどなのである。そして雑用をばかにしたり、できない人は仕事もできない。

　私はきっと学生さんたちの希望を打ち砕いたに違いないのだが、それでもやりたいと思った学生はまだ見込みがある。しかし、ネタはどうやって見つけるのかと問われると、正直、

「そこからですか?」

といいたくなってしまう。彼ら全員が、物書きになれるかというとそうではないのが、先輩としては辛いところではある。

　当初は私が書く仕事をしていることを、本当に親しい人にしか話していなかったが、だんだん、大学の同級生や、以前勤務していた会社にいた人にも知られるようになった。同じゼミにいて、卒業して一般企業に勤め、書く仕事に就かずに結婚した人からは、

「暇だからちょっと、仕事まわしてよ」

とパート気分でいわれて困惑したり、広告代理店に勤務していたときに、別の部署にいた女性から、

「今は独立してイベント会社を経営しているので、仕事をまわしてあげられる」

と連絡が来たりした。私の講演会を企画してあげるというのだ。講演会は極力断っていたので、その旨を伝えると、

「えっ、講演会をしないで、書いているだけで生活できるって、どういうこと？」

と驚かれた。それを聞いて私も驚いた。業界について何も知らず、他の作家の方々が何をしているかなど興味もなかったので、講演会の実態についてはわからなかった。たしかに当時はまだ講演会のギャラは高かった。結局、お断りしたが提示された謝礼は二十万円から五十万円くらいだった記憶がある。原稿の枚数に換算して比較すると、コスパがとてもいいのは間違いないが、私は講演会で話す気にはならなかった。極力、一度書いた話を書くのは避けたいとは思っているけれど、話の流れとして前にも書いた話を書く場合がある。それについては胸が痛んでいる。同様に、本で書いた内容を、会場という閉じた空間とはいえ、また話して報酬をいただくのは、申し訳ないような気がした。編集者には、

「来ている人には、ネタのだぶりなど関係なくて、動く著者を見たくて来ている人がほとんどですから」

といわれたけれど。

物書き専業になって、十年以上経っても、私にはレポート用紙何枚分かのネタがあり、書く内容については心配はなかった。しかし当時、私と同年配の多方面で活躍している作家が、大学ノート二百冊分、書くネタがあると話していたのを読んで、本当の作家とはそういうものなのかと驚愕したのだった。

本の見つけ方

いくら書くテーマが思い浮かばないといっても、小論文や作文を書かされる大学の試験に合格して入学しているわけで、文章を書く何らかの能力はありと認められているはずなのだ。テーマが見つからないと嘆く学生さんたちに、

「最近はどんな本を読みましたか」

と聞いてみた。すると、

「大学に入ってから、本をほとんど読まなくなりました」

という人がほとんどだった。たしかに他の科目の勉強もしなくてはならないし、アルバイトもしているだろう。

「じゃあ、読んだ本は教科書関連を除いて、どんな本ですか」

とたずねると、ベストセラーの上位本と芥川賞と直木賞の受賞作という答えがほとんどだった。

「それは売れている本ということですよね。そうではなくて、これは面白そうだと自分で見

つけた本を読んだ人はいますか」

とたずねると、誰も手を挙げない。いちばん前に座っていた男子学生が、

「やっぱり、あのう、売れている本は読んでおこうかなと思って……。読んでいないと友だちとの会話のなかに出てきても、ついていけないし」

と小さな声で教えてくれた。

「ああ、話が合わなくなるわけですね」

みんな黙ってうなずいている。

「たとえば古書店で見つけてきた本があったとして、こういう本を見つけたって、友だちに話すことはないのですか」

みんなお互いの顔を見て黙っている。

「古書店にもあまり行かないのかしら」

「行くことはありますけど、授業で指定された本や、ベストセラーの本を安く買いたいときだけです」

最前列の彼はそういった。「違います」と手を挙げる人はいなかったので、彼がこの場にいる学生の大多数の意見を代弁してくれているらしかった。

「なるほど。たとえば古書店で、これは面白そうだっていう本を、見つけようとはしないのですか」

「しないです」

あっさりと否定されてしまった。新刊書店に行くときも、自分が買いたい本を買うと、すぐに出てきてしまうのだそうである。そうではない学生がいたかもしれないが、彼らの多くの心情として、大勢の前で自分は違うと表立って発言しないのだった。

「そうなると自分自身が探しあてた新しい本に出会う可能性はゼロですよね。受賞した作品というのは、いってみれば他人が選んだ本で、内容的にも素晴らしいものだというのは間違いないのでしょうが、それは与えられた情報ですよね」

だんだん学生さんたちの表情が曇ってきた。これはまずいと思ったものの、そこがいちばん大事なのではないかと話した。

「どんな本でも読まないよりも、読んだほうがいいのは事実なのですが、読んで触発されて自分の創作のテーマが浮かんできたりしましたか。読んだ後はどうしたんですか」

みんな首を傾げている。

「何かしら、自分の心に触れる部分があると思うんですけどね。この表現はいいなとか、自分だったらこうは書かないなとか……」

ただ字面を追っただけだったのかと、黙って返事を待っていると、別の学生が、

「ああ、今はこういう内容の本が売れるんだなあって思います」

納得して終わりらしい。

「それで自分も売れる本を書くようになりたいと」

「はい、それはそうです。でもその売れている作家さんたちと同じことをしていてもだめな

ので……」

「そうですよね。それを知るために今があると思うのですけれどねえ、自発的に本を読まなくなったといわれるとねえ」

文芸学科はそれぞれのゼミのカリキュラムに沿って、実践的に課題を書かせているはずなのだ。これからが自分の中身を充実させるうえで、いちばんいい時期なのに、ただでさえストックがないところに、アウトプットばかりしていて、インプットしていないとなると、あとは枯渇するだけではないか。

私が通っていたときとは違うのかもしれないが、当時はインターネットもなかったため、自分が積極的に動かないと情報を得ることはできなかった。今はたくさんのものがありすぎて、自分が何もしなくても、情報は入ってくる。それから先、自分はどうするかが問題なのだが、みんな受け入れたままで終わってしまっているようだった。

本は読まなくても、映画や演劇は観るのだろうかと聞いてみたが、映画に関しても同じで、観たとしても観客動員数が多い映画ばかりで、自分でマイナーな映画を探して観たりはしないという。そもそも映画も演劇もチケット代が高いので、行くのを躊躇するのだそうだ。

学生さんの懐具合も大切だから、すべてを我慢して自分の身になるものに投資しなさいとはいえない。私が通学していた頃を思い出すと、裕福な家庭の学生だから、本や映画などにお金を遣っていたというわけではなく、上京して三畳一間のアパートで暮していても、古書店で買ったり、大学や公共の図書館で借りたり、あるいは友だちからもらったりして、たくさん本を読んでいる学生がいた。アルバイト代は全部本代か、映画のチケット代に消えているともいっていた。お金があるかないかの問題ではないのだ。

多くの人が観ていて面白いといわれている作品を見聞きして、それで安心しているのだろう。売れている本を読んで、本が売れる作家になりたいと思ったのならそれはいい。しかしそうなるにはどうしたらいいのかとも考えず、ただ大多数の人の評価だけを追いかけていて、そうだね、そうだねと友だちと相づちを打つだけって、いったいどうなのよといいたくなった。

この授業以前にも、母校で映画学科などの他学科の学生もいる講座で話をしたことがあったのだが、そのときに、

「市川雷蔵って知っていますか」

と聞いたら、手を挙げた学生が二人いた。その人たちは、北欧とアジアから来た留学生だった。日本にずっと住んでいる学生が知らないのに、留学生は知っている。留学してくるくらいなので、本気で興味を持って日本の映画を観ていた証でもあるだろう。私はそれを目の当たりにして、ショックを受けたのだが、日本の学生のどこかずれている感じを、私のなかでうまく飲みこむことができなかった。

説教じみた話ばかりをするのはいやなので、書店に行ったら、とにかく店内の隅から隅まで棚を見ていくこと。著者が有名無名にかかわらず、面白そうだと思ったジャンルの本をとりあえず買って読んでみること。面白かったらどこが面白かったのかを考え、つまらなかっ

たらどこがつまらないのかを考えてみること。そういった習慣をつければ、いつかは自分の気持ちにぴったりくる、興味が持てるジャンルや作家を見つけられるのでは、と話した。ぼそぼそっといっているのを聞いてみると、「買った本がつまらなかったら、ショックが大きい」「お金を損した気持ちになるのはいやだ」という。だからはずれがない（はずの）売れている本を買うわけである。

「今のあなたたちは、自分たちの中に力を溜め込んでいかなくてはいけない時期でしょう。そんなときに他人が薦めた本ばかりを読んでいていいのですか。失敗しても自分で本を選んでいかないと、いつまで経ってもその人らしい文章なんて書けないし、個性なんて出ないと思いますよ。それってお金よりも大切なのでは」

もっといいたいことは山ほどあったけれども、会社によくいた、おじさんの「おれは昔、こんなことをやった話」みたいに取られるといやだなと思って、話さなかった。

私の学生時代にも芥川賞、直木賞は話題になっていたけれども、右へならえではなく、それぞれに興味の対象が違っていた。授業では一冊の本を読んで、感想を話し合ったり、ゼミ学生の作品を合評したりはしていたが、ふだんはそれぞれが違う本を読んでいて、それがどのように面白いかをお互いに話していた。時代小説あり、有名ではない海外作家の小説あり、下世話な風俗物あり、自分の好奇心を刺激されて、とても楽しかった。男子学生からは、当時は女性の作家のものを読む機会がなく、教えてもらって読んだら面白かったといわれたりした。私も自分では選ばない戦記物や、時代小説を面白く読んだ記憶がある。毎日が、それぞれが持っている情報の交換の場になっていたし、本に対して貪欲だった。しかし目の前の学生さんたちはそうではなく、大勢と同じであることを受け入れている。

私はもともとベストセラーには興味がなく、誰の口の端《は》にも上《のぼ》らない本のなかに、私が面白いと思う本があるのではないかと、こつこつと探し続けていた。

「私だけが知っている」

という密かな楽しみがある本を見つけたかったのだ。パソコンもインターネットもないので、アナログな方法で見つけなくてはならない。書店に行って、棚にある文学史年表のなかで、各年に発行された本がいちばん詳しく記載されているものを買い求め、興味を持ったタイトルの本を片っ端からチェックしていった。

そのリストを持って、近所の古書店はもちろん、暇さえあれば神田の古書街を歩き廻って本を集めた。面白い本もあったし、そうではない本もあった。それは単に学生、ＯＬ時代の楽しみだったのだけれど、結果的にはそれは『鞄に本だけつめこんで』という本にまとまった。選んだ本が渋かったので、

「あの女があんな本を読んでいるわけがないので、きっと編集者が選んだ本を書いたに違いない」

という人がいたとの話も、私の耳に届いていた。しかし紹介した本の多くは、私がこつこつと古書店を歩いて見つけてきたものだったのだ。

値段の高い本を買ったものの、期待したほどではなかったことは何度もあった。しかし私

は損をしたといった気持ちにはならなかった。本の内容と損得を結びつける感覚は私にはない。というよりも、私はお金を出して買ったもの全般に対して、損得を考えた経験がないのだ。売り手が無理矢理私に買わせたわけではなく、自分で選んで買ったので、自分の見る目がなかったと考えている。

現実として本はお金を支払って買うのだけれど、ものというよりも、私としてはそれとは違う精神的なものを買うという感覚だ。だからより損得の感情はない。本を買って損をしたくないといった感覚があること自体、物書きの仕事には向いていないのではないか。

年長者の私が一時間ちょっと、同じ場所にいただけの感想なので、彼ら一人一人は、もう少し違う考え方を持っているかもしれない。若いし、これからもっと伸びる可能性がある。しかし周囲と合わせることだけを気にしているのでは難しいだろうなあと、帰り道にあれこれ考えた。

物書き専業になってから、発売を楽しみにしていた雑誌のなかで、

「物買ってくる、自分買ってくる」

という高名な陶芸作家の河井寛次郎の言葉を読んで、なるほどそうだなあと深く納得したものだった。学生さんたちは「自分」を買ってきているのだろうかと首を傾げた。その場では私も学生さんたちを前にして、テンションが上がってしまい、この言葉が頭に浮かんでこなかったが、いってあげればよかったなと、後日、後悔したのだった。

引き出しの中身

書く仕事に就きたいのなら、なぜ本を読んだほうがいいのかと考えてみたが、そもそもまったく本を読まずに、作家になりたいと思うことがあるのだろうか。何らかの本を読んで、自分もそういったものを書きたい気持ちが湧いてきたのではないのだろうか。「書く」の基本はやはり「読む」なのではないかと私は思う。私の場合は本を読むのは大好きだったが、書くのは好きではなかったので、書く仕事に就くために本を読んでいたわけではない。単に本を読むのが楽しかったから読んでいたのだ。

本を読むと、その内容自体を楽しむのはもちろんだけれど、そこから派生して、芋づる式に興味が拡がっていくのが面白かった。たとえばエッセイでも小説でも、文中に音楽について書いてあったら、それを調べてみたり聴いてみたりしたし、登場する出来事や人物について調べ、その結果、これまでに接してこなかった事柄に触れられた。読んだ本の内容とは関係がなくても、読み終わった後で、新しく読みたいジャンルが出てきたり、続けて同じ作家の他の本を読んだりもした。

興味を持った本のほとんどは買っていたが、最優先ではないが、ちょっとだけ読んでみたい、調べたいことが書かれているものは図書館で借りた。インターネットなどがなかったので、何かを調べるときには、そうするしかなかったのだ。読んで面白かった場合は買い直して手元に置いた。図書館の棚で、たまたま気になって手に取った本が面白かったというおまけもあった。本はただ文字を追うだけではなく、行間を読むのが大切だ。若い頃、ある作家の本を読んでいるときに、行間から本当に風が吹いているような感覚に陥った経験もある。何から何まで目の前に提示されるのを見ているだけではなく、少ない情報から自分の頭で映像や文章を創り出すことが大切だろう。

先日、出先で約束の時間まで、少し間があったので、書店に入ったら、平台で極端に減っていたのは、自己肯定感を高める内容の本だった。昨今は自己啓発本が売れているそうである。インスタグラムで、感動した本とか、人生を教えられた本というテーマで、本を紹介している人をたまたま見たけれど、そのすべてが自己啓発本だった。文学書は一冊もなかった。どんな本でも読まないよりは読んだほうがいいと思ってはいるが、自己啓発本をぱらぱらとめくってみると、多くの場合、ところどころ太字になっていた。太字の部分のみ拾い読みすれば内容がわかるという具合なのだろうか。

人それぞれ、心に残る言葉は違うはずなのに、それを著者や編集者が読者に押しつけていいのか疑問である。テレビ番組を見ていて、いちいち画面に目障りなテロップが流れるのと同じである。そんなものを繰り返して見ていると、自分で考える習慣を失ってしまいそうで恐ろしい。

物を書きたいと考えている人ならば、ベストセラーばかりではなく、少なくとも日本文学史に載っているような本は、何冊かは読んで欲しいものだ。ずいぶん前だが、東大出のアナウンサーが、ドイツ文学を専攻していたとテレビで話していて、それを聞いた年長のＭＣの人が、

「それじゃ、カフカなんかを読んでいたのだね」

といったら、

「カフカって……、私、読んだことはありません」

と返事をしたので、ＭＣの人も驚いていたが、私も驚いた。文学系の勉強をするのであれば、それぞれの分野で、必読書があったものだが、それが東大でもそうではなくなっていたのにびっくりしたのである。

本を買うお金がもったいないのであれば、必読書に類する本は図書館に常備されているはずなので、借りてくればいい。お金を払わなくても、本を読む術はたくさんあるのに、それをしない。読んでつまらなかったら時間もお金も損をしたという考えの人は、本に対して愛情がない。無料で本を読むには、様々な方法があるのに、それもせずに文章を書きたいと思っているとしたら、怠けているとしかいいようがないのだ。

私は子どもの頃から本ばかりを読んできて、大学卒業後、四回転職をしたが、五回目の就職で「本の雑誌」という書評誌、それも「偉そうじゃない」雑誌の会社に就職できたことで、

今まで読んだ経験がなかった本に触れられて、その点では毎日がとても楽しかった。今まで興味のなかったジャンルの本や、ちょうど自販機雑誌が全盛だったのでエロ系や、同性愛系の本や雑誌まで、世の中にはたくさんの本や雑誌が流通し、それを楽しみにしている人たちがいるのを知った。

好きな本について書く場所が身近にあったのは運がよかった。もしも私が本を読んでこなかったら、他の雑誌から依頼があったときにすぐにネタ切れになり、途中で息切れしただろう。物書きになる気がなかったとはいえ、体の中に読んだ本のストックがあったので助かったのだ。

ずいぶん前に、カルチャーセンターのエッセイ講座にゲストとして呼ばれた。受講者の半分はとてもやる気のある人たち、あとの半分は面白そうだからと、軽い気持ちで来た人たちだった。彼らの書いたものを読ませてもらったとき、講師の方々も同意見だったが、軽い気持ちで来た人たちが書いたもののほうが、やる気のある人たちが書いたものよりも、ずっと面白かった。

やる気のある人たちは、まじめに本や雑誌をたくさん読んでいるようだった。しかし彼らが書く文章はいずれも、どこかで見たような文章や内容が多かった。流行しているものを紹介していても、流行の雑誌のコラム風ではあるものの、亜流にとどまっていた。彼らの体の中を通しておらず、ただ書き写しているだけといった印象になっていた。

「こんな流行のものを、こういう風に書けるおれって、かっこいいでしょ」

といっているのがもろわかりなのだった。流行っているものを扱っていても、文章としては新鮮なものがどこにもなかった。

しかし彼らは自分の書いたものに自信を持っていたようで、私が、

「自分の自慢ではなく、だめな部分をあらためて見つめ直したほうがいいのではないか」

と話すと、露骨にいやな顔をして、私の顔をにらみつけた。彼らのプライドを著しく傷つけたらしい。今、世の中に出回っている文章を真似しても、どうしようもないのに、それが理解できないようだった。

一方、軽い気持ちで来た人たちは、文章の分析とか、売れている雑誌の文章の真似とは無関係に、たくさんのスズメを見たとか、団子を食べたとか、当時はお局様といっていたが、会社の女性の先輩への悪口とか、その人にしか書けないものを書いていた。文章的にはやる気のある人たちよりは拙いかもしれないが、次を読みたくなる文章だった。その人らしさを伸ばしていけば、面白いものが書けるのではないかと思ったけれど、その人たちは書く仕事に就きたいとは考えていない。いちおう、

「ここの部分をこうしたら、よりよかったのかもしれないですね」

などと感想を述べたが、やる気のある人の文章がつまらなくて、やる気のない人のほうが面白いというのは皮肉な話だった。

「おれって、かっこいい」

を貫くのもそれはそれでいい。ただ誰かの文体だけを真似しても、その書き手と同等にな

れるわけではない。雑誌を読みすぎ、分析しすぎ、頑張りすぎ、欲を出しすぎても、うまくいかないものなのだ。

学生さんたちが、「書くネタがない」というのは、気持ちに余裕がないからかもしれない。勉強、アルバイト、それとも他の理由かもしれないが、いつも何かに追いまくられていて、ゆっくり自分の内側について考えていられないようだ。外側を整えることはとても気にするのに、内側を充実させることはおろそかになっている。些細な事柄であっても、見て面白がったり、感激したり、不愉快に思ったりする感覚も乏しいのかもしれない。そういったところをじっと見つめられる人が、若くてもプロになれる人なのだろう。

後日、学生さんからの、講座の感想が手元に届いた。大学側が前もって用意した、A6の大きさの紙に書いてくれていた。どれにも、

「今日は私たちのために、来てくださってありがとうございました」

といった丁寧な御礼の文章ばかりが並んでいた。せっかく来てくれた、親よりも年上の人間に、失礼のないようにと考えてくれたのだろう。みんなとてもいい子たちなのはわかったけれども、一人ぐらい、「期待はずれだった」「つまらなかった」と直接的ではないにしても、そのようなニュアンスの感想を書いていてもいいはずなのに、みんな気を遣ってくれているのだ。そう書いていた人もいたかもしれないが、私を不愉快にさせてはいけないと、大学の係の人がはずしたのかもしれない。御礼をいっていただけたのはありがたくうれしかったが、彼らの率直な気持ちが知りたかった。文章はきちんと整っていたけれど、内容はおしなべて

同じだった。

小説でもエッセイでも、何かを書こうとする人たちは、他人の書いたものを褒め、認める気持ちは持ちつつ、それに引きずられずに、自分のペースを保って欲しい。学生さんのいちばんの悩みは、「書くネタがない」という、いってみれば身も蓋もないものだったのだが、やはり毎日、何かしら書いたほうがいい。

プロになりたいのであれば、作品として書いたほうがいいと思う。エッセイだったら、原稿の枚数を最初は三枚から八枚くらいの間で、それをコンスタントに書く癖をつける。SNSや投稿サイトがあるので、書きたい人が発表の場がなくて困ることはないだろう。そしてしばらく経ってから読者の視点で読み返してみる。それらの作業は原稿料はもらえないけれど、世の中の創作物に親しみ、見返りのない原稿を書き続ける。本を読むと明らかに語彙が増えていくし、無駄に感じる作業の積み重ねが、のちに役に立つのだ。

若い人は私のような年長者よりも、これから先の時間がたっぷりあるはずなのに、焦り、急いでいるように見えた。無駄なことをして、恥をかいたり、面白がったり、苦しんだり、楽しんだり、悩んだりして、その中から自分という人間の軸が決まっていき、書きたいテーマも浮かんでくる気がするけれど、「辛さ」や「損」をすっとばして、とにかく早く作家になりたいと、最短距離を目指しているらしい。そのうえろくに本も読んでいないとなると、

「そんな中身がすかすかの状態で、どうやって文章を書くというのですか」

と聞きたくなった。指導する側にも問題はないのだろうか。無駄なことをしてきた人のほ

うが、書くものは面白い。中高年になって世に出て、作品を書いている人もいるのだから、作家の誰もが若くしてデビューしているわけではない。

書くネタがないとぼーっとしているときに、実は自分のなかにネタのストックがあったのに気づいたり、ぽこっとネタが浮かんできたりする場合もあるが、それまで何かを見聞きして、自分の中に取り込んでいないと難しい。だから日々の積み重ねが大切なのだ。私個人の話だが、そのとき意識はしていないけれど、頭の中の引き出しには、経験、読んだ本、聴いた音楽、見た絵画など、それらを体感したときの気持ちが、入れられている気がする。引き出しの中身を充実させ、うまく引き出せれば、書くネタには困らなくなるだろう。書くこと一直線ではなく、本を読み、音楽を聴き、美術、映画や舞台を観る時間を、より大事にしてもらいたいと思っている。

面白いもの探し

本を読むのと書くのとは両輪だ。書いた原稿をいちばん最初に読むのは、編集者ではなく自分だからだ。

二〇二一年、佐藤愛子さんの最新刊について書く仕事があった。考えてみれば、「愛ちゃん」と勝手に呼び、本好きだった普通の女子学生が、五十年後にこのような仕事をさせていただくのも不思議だなあと思う。読んでいくと、本の最後に「自分の書くものがつまらなくなったので断筆する」というくだりがあった。しかし断筆する必要があるのは、誰もそうは思っていないのに、自分の書くものは何でも面白いと思っている、判断ができなくなった作家なのではないか。まだまだ自分で原稿の内容を判断できるうちは断筆する必要はないのではと、私は本の感想を書いた。面白い、つまらないは、人それぞれの感じ方だけれど、まず書いた本人が、客観的な目をどれだけ持っているかが重要だと思っている。

私の場合、ある時期に書いたものは、自分でも、

「うーん、どうだろうか」

新潮社
新刊案内

2023 9 月刊

未完の産業都市のゆくえ

地元の「洛中」礼賛一辺倒に疑問を持つ京大出身の経済学者が、「千年の都」が辿った特異な近現代の軌跡を、統計データを駆使し分析する。

9月19日発売
●1925円

60390

ヒトは生成AIとセックスできるか

人工知能とロボットの性愛未来学

ChatGPTに恋したらどうなる? ロボットに性欲を実装できる? セックスとテクノロジーの最新研究をふまえた刺激的思考実験!

ケイト・デヴリン
池田尽〔訳〕

9月19日発売
●2310円

507361-9

◎著者名下の数字は、書名コードとチェック・デジットです。ISBNの出版社

◎ホームページ https://www.shinchosha.co.jp

*ご注文はなるべく お近くの書店にお願いいたします。

*直接小社にご注文の場合は新潮社読者係へ

電話/0120・468・465

(フリーダイヤル・午前10時~午後5時・平日のみ)

ファックス/0120・493・746

*本体価格の合計が1000円以上から承ります。

*発送費は、1回のご注文につき210円(税込)です。

*本体価格の合計が5000円以上の場合、発送費は無料です。

新潮社
住所/〒162-8711 東京都新宿区矢来町71
電話/03・3266・5111

読書人の雑誌 **波**

月刊/A5判

*直接定期購読を承っています。

お申込みは、新潮社雑誌定期購読「波」係まで―電話/0120・323・900(フリーコール)

(午前9時半~午後5時・平日のみ)

購読料金(税込・送料小社負担)

1年/1200円

3年/3000円

※お届け開始号は現在発売中の号の、次の号からになります。

と首を捻るものが多い。当時は月に十五本の締め切りがあり、明らかにオーバーワークだった。その本数がこなせる人ならいいけれども、私には無理だった。母と弟に騙されて実家のローンの三分の二を背負い込まされるはめになり、支払いのために、依頼された仕事を全部受けるしかなかったのだった。

そのときは書いた原稿を読み返してみて、自分でも、

「もうちょっと、何とかならんのか」

とため息をついたものの、他に誰か、

「私が書き直してあげましょう」

という人がいるわけでもなく、次の締め切りも迫ってきているので、見切り発車をして原稿をそのまま編集者に渡してしまった。デビュー当初、私にはゴーストライターがいるという噂があると、編集者が教えてくれた。最初は憤慨したけれど、そのときは、本当にそういう人がいてくれればいいのにと思ったほどだった。

問題があったら、編集者から戻されてくるだろうが、それはなかった。出来がよかったわけではなく、ぎりぎりのラインでお目こぼしをいただいていたのだと思う。原稿内容にはいまひとつ自信がなく、編集者にそれ以上の迷惑をかけるのは申し訳なかったので、締め切りだけはきちんと守った。それくらいしかできなかったのだ。

ローンの支払い回数も徐々に減っていき、自分のなかで完済の目処がついてからは、仕事の量をセーブできるようになったが、ローンの支払いがあった十五年間のうち十年間は、原

稿を送るたびに申し訳ない気持ちになっていた。他の人は私の本を読んでどう感じていたかはわからないけれど、今まで私が物を書いてきたなかで、いちばん悔やまれる時期だった。

自分の最新作がいちばんいいと断言できる作家は、それはそれでいいなあと憧れる。仕事をするには自信が必要だし、周囲がどう感じているかは別として、本人が自分の進歩を認めているところがすごい。物を創る人間として、それもとても大切だろう。私自身はどうなのかと考えてみると、昔よりは書くのが楽になった気はしている。四十年もやっていれば、そうなるのかもしれないが、書くコツというか、見聞きしたものを一度頭の中に入れ、それをある程度の枚数にまとめるという作業が、苦もなくできるようになったという自覚はある。若い頃よりは多少、気が長くなったのも自覚している。

昔からそうしているが、心にひっかかったことは、メモやA５判の薄手のノートに書き留めておく。そのノートも表紙がかわいくないと、つまり手に取りたいと思わなくてはいやなので、これまではバカボンパパだったり、北欧柄だったり、日本画の美しい花の表紙などを選んでいた。現在は上野公園にある美術館、博物館にちなんだ、考える人の像や恐竜などがイラストで描いてあるノートを使っている。そこに日常生活のなかで、脈絡なくひっかかってきた言葉やフレーズ、自分が思いついた言葉などを片っ端からどんどん書き込んでいくのだ。

書き留めたときから、どの原稿に書くかをだいたい決めているものもあるし、そうではないものもある。ノートを開いてそれらの言葉を眺めているうちに、だんだん頭の中で文章の流れがまとまっていくので、締め切り日の二週間ほど前から、ぼつぼつと書きはじめるといった具合である。締め切り日の順番ではなく、テーマはいつも複数を並行して考えている。

今だからそんなふうにできるけれども、以前にも書いたが、このネタで十二枚書けると思ったのに、十枚で終わってしまい、あたふたしたことが多々あった。けれど、最近はそういうこともなくなってきた。枚数が足りないとなったら、足りないなりに一度手を休めてぼーっとし、何日か経って、あらためてそれまで書いたものを見ていると、書き足りないところが見つかる。文章を補っていくと枚数よりもやや多めになるので、それを削って仕上げる。歳を重ねて図々しくなり、焦らなくなったこともあるかもしれない。まあ、何とかなるだろうと鷹揚に構えている。

といっても内容が完璧というわけにはいかず、編集者や校正の方々には毎度ご迷惑をおかけしている。校正がまったくノーチェックだった完璧な原稿は、これまでの物書き人生で数回しかない。チェックが入った原稿が届くたびに、

「あー」

と力のない声が出て、自分のふがいなさを思い知るのである。

文章を書きたいのに本を読まない人は、自分が遠回りをしているうちに（と本人は感じている）、同じ目標を持つ誰かが、すでにすばらしい原稿を書いているのではないかといらぬ想像をして、焦ってしまうからではないか。デビューしたいのならば、それなりに努力をする必要があるはずなのに、それをしようとはしないのだ。

本を読むことは想像力を養ってくれる。本も最近はちょっと高くなっているけれど、単行本で二千円前後、文庫本で七百円前後で、現代はもちろん、過去へも未来へも行ける。そして世界中の物事を知ることができる。ＶＲゴーグルなどを使わなくても、自分の脳内で何でも体験できるのだ。現代は目で見た景色以外は体験ではないという風潮になっているが、自分の脳内での体験も楽しいものだ。それがひとりひとり違うというのもまたいい。こんなに素晴らしいものがあるのに、値段が高いとか、面白くなかったら損をするからいやだとか、そういった基準で本を捉えること自体、間違っていると思う。

本が売れなくなって、なぜ本を読まないのかという問いかけに対して、

「面白い本があったら買う。面白い本を書かないから売れないのだ」

という輩がいるが、

「自分が面白い本を探そうともしないで、ふざけたことをいうな」

とただただ腹立たしい。書店、図書館に足を運ぶのはもちろん、それができなくても、書店の通販サイトには、膨大な数の本が掲載されていて、二十四時間スマホで閲覧できるようになっている。そのなかに一冊も面白い本がないというのは、どういう了見なのだろうか。彼らが興味を持って本を読もうとする努力を何もしていない証拠ではないのか。もしも本当に探してみて面白い本がなかったのだとしたら、彼らの感性がどうかしているのだろう。本を読まない理由を、他人のせいにするなといいたい。残念ながら本を読みたくない人だっているだろうから、素直にそういえばいいのである。

「お前たちが面白いものを書かないからだ」

といった態度の奴には、

「読んでいただかなくて結構です」

といいたい。

一方、本を読んではいるが、特定の作家に対して集中攻撃をする人たちがいる。物書きの立場からしたら、

「それなら読まなきゃいいのに」

と思うのだが、その人の新しい文章を目にするたびに、文句をいい続けている。なぜ好きでもない作家を熱心に追いかけるのか、不思議でならない。図書館で借りたとしても、読み終わるには時間が必要だし、時間をかけてまで、その作家を攻撃しているとなると、逆に、

「嫌いといいながら、その執着ぶりをみると、ものすごく好きなのでは」

とその熱意に感心したりもするのだ。本を読む人の心理は様々なのだ。私は苦手な作家の人はいるけれど、嫌いな人はいない。同業者の苦労はこの業界ですきま産業をしている私にも、わかるからである。表現も人それぞれだし、それが自分と合うか合わないかだけの話だ。こういう本好きは困ったものである。

編集者をしていた同年配の友だちが、夫の転勤に伴うため三十代で退職した。のちにあるところから原稿を頼まれた。彼女は話をしていてとても楽しい人なので、面白い原稿を書いたのだろうと思っていた。しかし彼女から、

「うまくいかないものね」

と連絡が入った。どうしたのかと聞いたら、いざ書いてみたら、エッセイではなく、レポートのようになってしまったのだという。

「ふだんはやらない、書く作業で緊張したのかもしれないけど。大変だった」

といった。意外だった。文は人なりというけれど、あんなに話をしていて、明るくて楽しい人が、文章を書くのに難儀したとは。それも論文などではなくエッセイだったのにだ。また彼女はとても読書家で、松井今朝子さんの処女作を読んで、

「この人はすごいから、絶対に本を読んだほうがいい」

と私に教えてくれた。私が送る本に対しても、的確な感想をくれる人なのだ。もともと編集者なので、本を読むプロではあるが、書くのには慣れていなかったということなのだと思う。


物を書くには、本を読んでばかりいてもだめだし、書いているだけでもだめ。そのバランスを取るのは難しいかもしれない。ただ物を書く仕事に就きたいのであれば、前にも書いたように、書く習慣をつけたほうがいい。本を読む習慣もそうだけれど、家でスマホを手に取る時間の一部をそれに当てれば、時間は取れるのではないだろうか。私が最近、書くのが楽になったというのも、四十年以上、たまに何日か、日にちが空くことはあったが、ほぼ毎日、書き続けてきた習慣があったからだ。

書くネタがないと嘆く人は、自分の中に生み出すものがないこともあるだろうけれど、見

聞きした、または経験した様々な事柄を忘れている可能性もある。たとえば小学校での出来事を書こうと決めたとする。いちばん印象に残っている事柄を書くわけだが、書いているうちに、それまで浮かばなかった事柄を、次から次へと思い出す現象が起きてくる。脳のしくみに関しては何もわからないけれど、今まで眠っていた部分を、ちょっと刺激したら、その付近にあった自分では忘れていた記憶が蘇ってきたのかもしれないと考えている。頭の中には自分が経験したのに、忘れている記憶が詰まっているはずなので、それを引き出す作業が必要なのだ。

なかには思い出したくない記憶も出てくるかもしれないが、物書きとしてはそれを格好のネタと喜んで、文章化していけばいい。それによってまた怒りや悲しみが湧くかもしれないけれど、不思議と文章にすると、抱え込んでいたいやな思い出が吐き出されて、浄化される気もする。私は読者のためというよりも、自分のために書いてきたような気がする。

ほめ十、けな十

私が会社をやめて、物書き専業になったはじめの頃、同業者から「物書きというものは、大勢の人が○といっても、自分は×だという気持ちを持っていないとだめだ」といわれたことがあった。反論を怖れて自分が感じたことを正直に表現できないのは大問題だし、そもそも何のために自分を表現する人になったのかわからない。

学生のとき、私の周囲の多くの人は、プロのものはもちろん、同じ学生のものでも、読んで面白ければ褒め、何かひっかかるところがあれば、こそこそっと口にしていた程度だったが、なかには口を開けば何でもかんでも批判する人がいた。特に世の中に出てきた人や作品に対して、たとえば大勢の人が褒めているもの、ベストセラーのものなどは、けなしまくっていた。「売れているもの、人気のあるものすべてに反対」というへそ曲がりな人だった。もちろん、売れてはいないけれども、素晴らしいものは世の中にたくさんある。ならばそういったものを教えて欲しいのに、彼が何かを褒めているのを聞いたことがなかった。

大勢が褒めているものに反対する意見をいうのは、褒めるよりも何倍も技術がいるし、逆に大勢がけなしているものを褒めるのも相当に難しい。彼は私たちが震撼した話題作もめちゃくちゃに罵倒し、クラシックの超有名な外国人ピアニストから、大御所の映画監督まで、けなしまくるのだった。しかし、みんなが「どうして？」と聞いても、きちんと説明しない。

「うーん、難しいなあ。でも、だめなんだよ、あれは。大衆に迎合している」

と、いつも「大衆への迎合」ではぐらかされた。作家を目指しているのなら、その本を買って読んでくれるのは、その大衆なのにと、私たちはまた陰でこそこそといっていた。毎回、こちらが納得できる理由をいわないので、彼が誰かを罵倒しはじめると、ふんふんと聞いているふりをして、そのうち相手にしなくなり、「どうして」とも聞かなくなった。私たちは陰で「何様のつもり？」といっていた。そのうち相手にされないのがわかったのか、彼は私たちから離れていった。

課題である合評のときは、彼はいつも休んでいた。最初は体調が悪くなったのかなと思っていたが、あまりに続くと、この場から逃げているのではと感じるようになった。他人は思いっきりけなすけれども、自分は批判されたくない。残念ながら彼の書くものには心を引かれず、創作を読んでも、

「ああ、そうですか……」

といった感想しかわいてこなかった。そのうち彼は大学に来なくなり、噂では転部したという話も聞いたが、誰も気にしていなかった。

私の父も彼と同じタイプで、人が褒めたこと、世間に認められたもの、人気のある芸能人

に対してもけなしてばかりいた。それを子どもの頃から見聞きしていた私は、

（また、はじまった。自分は何もしていないくせによくいうよ。みんながいいと思っているものを、どうして素直に自分もいいといえないのだろうか）

と呆れていた。小学生の私は、父を馬鹿にしていたのである。成長するにつれて、彼が父親としてまったく無自覚である現実がわかってきたので、

「父親として何もできないのに、他人の批判ばかりする人」

として認識するようになった。

今になってみれば、彼がそのような態度をとった理由としては、妻子がいなければ、自分は好き勝手に暮らせるのにという苛立ちがあったと想像できる。仕事がない現実にむかついていたが、それは自分の性格の悪さが原因なのに気がついていなかったようで、他者を攻撃して、溜飲をさげていた気がする。妻に対しても束縛がひどかった。もしも現代に生きていたら、一日中、パソコンにへばりついて、掲示板やSNSに、匿名で他人の悪口を書き連ねているに違いない。自分の名前を出して堂々と批判するなど、気が小さくてできないのだ。そんな性格のため、父には友だちが一人もいなかった。いつも他人の悪口や文句ばかりいっている人間とは誰だってつき合いたくない。

身近にこういう人間がいたので、インターネットで罵詈雑言や屁理屈を吐いている人を見ると、哀れだなあと思う。自ら孤立や孤独を好む人はそんなことはしない。多くの人の口の端にのぼっている事柄に首を突っ込むのは、その人もその輪の中に入りたいからである。で

も素直に認めてしまうと、

「大衆と同じと思われては困る。自分は違う」

と変なプライドが頭をもたげるらしく、何かひとことふたことといわないと気が済まない。いわゆる一般人とは違うとアピールしたいのだ。そこで自分なりの考えが、きちんと説明できればいいのだけれど、多くの場合、ただ罵詈雑言を吐くだけで、他人を納得させられない。本人も「むかついたからそういった」とはいえないので、結局は屁理屈の羅列になり、ますます嫌われる結果になるのだ。

自分は○で他はすべて×という認識でいられる人はそれでいい。しかし私の経験上、そのタイプは、その人自身に何の努力も進歩も見られない場合が多い。根拠のない自信と自意識だけが強くて現実の姿が伴わない。自分が売れないのは社会が悪いとか、見る目がないという人もいるけれど、

「批判や文句ばかりいう前に、あなたはいったいどんな努力をしたのですか」

とききたい。昔は才能があっても世の中には出られない、不遇の人はたくさんいたけれど、今は能力がある人は、どんなジャンルであれ、世の中に出てこられるようになった。当人がどんな人柄かとはまったくの別問題だが。

会社に勤めながら、外部から依頼を受けて原稿を書きはじめた頃、以前にも書いたように、原稿はこういうことがあったと友だちに話すように書こうと考えていたので、その通りに書いていたら、編集者に、

「文章にすると言葉がきつく感じるので、ここの部分は直してください」

といわれたことが何度もあった。相手を罵倒したわけでもなかったので、そのときはきついいいまわしをした自覚がなく、

（そう感じられるのなら仕方がない）

と編集者の言葉に従ったのだけれど、きちんといってもらってよかったと、後になって感謝した。自分がそう感じたからといって、何でもそのまま書けばいいというわけではない。学校などでは作文の授業のときに、「自分の感じたように書きなさい」といわれるけれど、実はそうであって、そうではないのだ。

インターネットを見ていたら、事の発端は動画配信だったそうだが、ある女性が「百七十センチ以下の身長の男性には人権がない」といって大炎上したと知った。男性配達員とのトラブルがあり、彼の身長にまで悪態をついたようだ。骨延長手術を検討しろなど、いくら怒っているとはいえ、度を越していた。

少し前、朝、テレビを点けていたら、十代の女性二人がインタビューを受けていた。そのうちの一人が、身内だったか友だちだったかは記憶していないが、よくない行動を取った人に対して、

「そんな人に人権はない」

といい放ち、もう一人も「ないない」と笑いながら相づちを打っていた。それを見て、最近の若い人は、そういうところで「人権」という言葉を使うと知った。私が考える「人権」

と、彼女たちが考える「人権」には、相当に差があった。

男性の身長のことで「人権」を持ち出した彼女は十代でもなく、年齢的には十分に大人だった。自分が生きている社会について、少しでも考える頭があれば、軽々しく使っていい言葉ではないとわかるはずなのに、その部分が欠けていた。年寄りの政治家でも、みんながぎょっとする発言をする輩が多いから、年齢ではなくその人の資質が大きいような気がする。彼らは社会的によろしくないことをいっている自覚がないので、謝れといわれても何が悪いのかがわからない。そして墓穴を掘る結果になり、やっと思い知ったかと安堵すると、またその穴からひょっこり出てきて同じような発言を繰り返し続け、大衆を呆れさせるのだ。

今はほとんど聞かなくなったが、本の書評の書き方を「けな三、ほめ七」といっていた。全体のうち、けなすのは三割、褒めるのを七割にするというわけである。「けな十」「ほめ十」ではまずいので、それくらいのバランスがいいということだったのだろう。しかしその本がとっても面白かったら、「ほめ十」でいい。本当にいやになるほど面白くなかったら「けな十」でもいいとは思うが、それだったらその本の書評を書かないほうがいい。もしも書評する本を、自分で買ったのであれば、まず読みたい気持ちがあり、どこか惹かれるものがあったはずで、まず「けな十」の原稿にはならないだろう。たまたま予想が大ハズレの内容だったとしても、「ほめ一」くらいは書けるはずなのだ。

私も何度か書評の依頼を受けた経験があるが、版元から原稿依頼と共に、本を送付したいと連絡があったとき、内容にあまり興味が湧かない場合は、

「面白くなかったら、そのように書きますが、それでもいいでしょうか」

と聞くことにしていた。「それでも仕方がないです」といってくれる編集者がほとんどだったが、それでは困るという人もいた。

「面白くないものを面白いとは書けないので、他の方のほうが適任なのでは」

と説明しても、編集者は、

「でも○○さんも、××さんも面白いっていってましたけど」

という。その方々が面白いといっても、私が面白いと思うとは限らない。名前を出して原稿を書くのには、責任が伴う。そういってもしつこく書いて欲しいというので、結局、本を読ませていただいて書いたけれども、結果的には「けな七、ほめ三」くらいの割合になってしまった。編集者として不満だったのだろうか、ある場所でのちに会った際に無視された。私は自分の気持ちに嘘はつけないけれど、きちんと著者に敬意を払って、原稿を書いたつもりである。でも絶賛は無理だった。


私自身は大衆のうちのひとりだと思っているし、ベストセラーの本も、大衆に迎合しているとも感じない。しかしただ売れるからと節操なく次々に商品が販売され、何も考えずに売れているからとか、人気があるらしいからとか、自分の頭で判断せずに世の中に流されて買う人も、ちょっといやだ。何も考えずに流されるほうが楽かもしれないが、自分を持ってちゃんと発言したいし、生きていきたい。そうでないと、何で自分が生まれてきたのかわからない。そしてそこには責任が伴うのも事実なのだ。

原稿を書いていると、題材との距離感がとても難しいと感じるときが多々ある。今は編集者や校正者からのチェックが、良くも悪くも厳しくなってきているので、書いた文章でトラブルが起きたという話は聞かなくなった。昔はよくいいわけとして、「筆がすべり……」という言葉が使われていたが、それを目にするたびに、筆が勝手に自動書記したわけではなく、本心で書いたに違いないのに、そういう謝り方があるのが不思議だった。

褒めるのでもけなすのでも、対象にのめり込んだり、精神的に突っ込みすぎると、そういう事態になったり、読者を置き去りにしたりしてしまうし、逆に距離を置きすぎると読者に何も訴えられない。感覚的なものなので、私もそれができているのかはわからない。ただ周囲の人を納得させつつけなすには、礼儀と品性と知性と教養が必要だと、このごろやっとわかってきたのだった。

カンヅメ

私が学生の頃、将来作家になりたいといっていた人たちは、

「カンヅメになってみたい」

といっていた。カンヅメというのは、出版社がホテルの一室を借り、宿泊費、食費などすべての経費を負担し、そこで作家に原稿を書かせることである。約束をしても、作家が誘惑に負けて、遊びに行って原稿が受け取れないと困るので、日常生活から隔離して確実に書いてもらうシステムだ。


私はいちおう文芸学科の創作コースにはいたけれども、消去法で選んでいった結果がそうなっただけで、将来、作家になりたいとは考えていなかった。大学を卒業したら就職して、一生、会社勤めをするつもりでいたので、カンヅメ希望の学生には、

「そうなれるといいね」

などと話していた。


私は自分の部屋でないと原稿が書けないタイプで、世の中の有名な作家の方々は書斎を持

っていらっしゃるし、原稿を書く人は自分の家の中で書いているものだとばかり思っていたのだが、実際に自分が書く立場になると、周囲には原稿は自分の家では書けないという人が多かった。当時は持ち歩けるワープロはあったけれども、ノートパソコンはまだなかったので、家の外で書く人たちは持ち歩きにかさばらない二百字詰めの原稿用紙や、一般的なノートを使って、喫茶店やファミリーレストランで書くといっていた。

私はコーヒー自体は大好きなのに、残念ながら今は体が受けつけなくなってしまい、コーヒー専門店に行くこともなくなった。物書き専業になった当時は、日常的にコーヒーを飲んでいたので、散歩の帰りに家の近所の喫茶店に立ち寄っていた。その店のいちばん奥の席で、テーブルの上に二百字詰めの原稿用紙を置き、沈鬱な表情になっている、私よりも少し年上の男性の姿をよく見かけた。彼は終始、表情が暗く、

「はああ〜」

と深いため息をついていた。すらすらと楽しそうに書いている姿など、見たことがなかった。首をぐるぐる回したり背伸びをしたり、ぼーっと窓の外を眺めていたり、と思うと、突然、ばね仕掛けのようにぴょんと体を動かして、ボールペンを手にして、原稿用紙に向かいはじめた。ああ、書けるモードに入ったのだなと見ていると、すぐに手が止まり、ぽとっとボールペンを原稿用紙の上に落とした。そして頭を抱えてうつむいていたが、しばらくすると、

「はああ〜」

とため息をつき、そして最初に戻る、を繰り返していた。

他のお客さんは気にもとめていなかっただろうし、私にも彼がどういう人なのか、どんな内容の原稿を書いているのか、まったくわからなかった。しかし少なくともスムーズに書けている気配はなく、彼と同じく原稿用紙を埋めるのを仕事としている者としては、難航しているのがとても気になった。そしていつも、私が店内に入ったときにはすでにいて、私がコーヒー一杯を飲んで出るときも、まだ店に残っていた。その店は長居をすると、飲み物を追加注文しなければならないシステムだったので、彼は何杯くらいコーヒーを飲んでいるのだろうかと考えていた。

彼を目撃していたのと同時期に、友だちから電話があった。表参道や青山といったお洒落な場所では、店の前にテーブルと椅子を置き、ヨーロッパ風のオープンカフェにしている店が見られるようになった。そういった類いの店の前を、友だちが通ったのだそうである。

「そのいちばん目立つ歩道側の席に、○○が座っていたのよ」

そう彼女はいった。その○○というのは知的な女性といわれている範疇の人で、多くのテレビ番組にも出演している有名人だった。

「そしてペンを手にして物思いにふけったような顔で、いかにも『私、原稿を書いています』ってアピールしているの。そーっとのぞいてみたら、テーブルの上の紙は真っ白だったし。ああいうのって、やあね」

そんな話を聞いて、私は正直、恥ずかしい……と思った。彼女は、みんなの目に触れるお洒落な場所で、書いている行為を自慢したかったのだろうけれど、私にとっては、ただただ恥ずかしいとしかいえない話だった。

一生懸命に本を作ってくれる編集者の方々には大変申し訳ないのだけれど、書いた原稿が本になるのはもちろんうれしいのだが、それは自分の自浄作用も兼ねているような気がしている。それに対してお金を払って読んでくださるのは、本当に申し訳なく、

「ありがとうございます」

と頭《こうべ》を垂れるしかない。私が書いた原稿は、自分の脳から生まれて手が作動して、文字を原稿用紙に書いたり、キーボードを打ったりして、それが積み重なって文章になり一冊の本になる。私にとっては自分の体からすでに出てしまったものなので、他人の手に渡った瞬間に、書いた本に対する興味や執着がなくなる。面白かったといってもらうのはうれしいけれど、どのように批評されようがあまり気にならない。エゴサーチもしたことがない。エゴサーチは、いちばんやっちゃいけないメンタルを持つ人が、やってしまう行為だろう。

前にも書いたけれども、自分の体から出たものを、また目の前に提示される、校正を見るとがっかりする。自分の文法、言葉の用法に関する無知さ、表現の仕方、単語の誤用など、だめさを再確認させられる。その指摘は違うのではと感じるときは直さないけれど、ほとんどの場合は私が間違えている。それは原稿を雑誌に載せ本にするには、とても重要な作業なのだけれど、私にとっては自己嫌悪に陥る、ため息が出る作業なのだ。

そうはいっても本ができて装丁を見るのはとても楽しい。装画を描いてくださる方々から

は、毎回、素晴らしい絵ができあがってくるので、いつも感激する。その点では本ができるのはとてもうれしい。でも、いいなあ、うれしいなあと喜ぶのは外側だけで、中身に関しては、すでに私は飽きてしまっている。

昔の手書き原稿は全部捨てているし、自分の過去の本をいつまでも持っていようという気持ちにもならないし、まして本棚に並べるなんてとてもできない。うちの本棚は、他の方が書いた、私が読みたい本を並べるもので、自分が書いた本を並べる場所ではない。しかし連作の場合は、資料としてとっておく必要があるので、それらは段ボール箱に詰めておいてある。内容を調べる必要があったときは、箱の中をひっくり返して本を探すのだ。

私は自分の書く姿は、恥ずかしくて他人様に見せられない。特殊な嗜好の人は別だが、トイレで用を足している姿は誰でも見られたくないだろう。私が仕事をするのは、自分の部屋の決められた場所でなければならないのだ。単身者で喫茶店やファミリーレストランで仕事をしているといった人に聞くと、

「ある程度、周囲に雑音がないと集中できないから」

という人が多かった。

「賃貸の部屋で喫煙しながら原稿を書くと、出るときに清掃代が加算されるといわれたので、喫煙できて長時間いられて、原稿が書ける場所はファミレスしかない」

といった人もいた。どれも納得できる返事だった。彼らにとっては人にどう見られるか以前に、もっと重要な問題を解決してくれるのが、喫茶店であり、ファミリーレストランだっ

たのだ。

　私もある程度の雑音がないと仕事に集中できないので、昔はテレビを点けたままだったり、音楽を流したりして、原稿を書いていた。しかし音楽よりも、人の言葉が流れているほうが、原稿が捗《はかど》るとわかり、今は仕事中はずっとラジオを流している。私が家以外の場所で仕事をしていたとしても、誰もそんなことは気に留めないかもしれない。しかし私は人を観察してしまう癖があるので、他の人も同じではないかと思ってしまうのである。

　映画や舞台を観ていても、目の前のスクリーンや演技と同時にそれを観ている人たちも気になって仕方がない。あの男の人は面白くないシーンなのに必ず笑うとか、斜め前に座っているおばさんは、ラブシーンになると必ず手にしたレジ袋をぎゅっと握りしめて音をたてるとか、そういうことが気になって、映画や舞台を観終わると、頭のなかがぱんぱんになっている。集中できない悲しい性分である。でもまたそれが、後年、役に立ったりもするので仕方がない。

　誰も私の姿なんか見ていないと自分にいいきかせても、書いているときに、周囲に人がいる気配があるのがいやなのだ。コンパートメントのように、他の客から隔離されているような状態だったら、まだましかもしれないが、そうなると私が他の人を観察できなくなる。気配を消しつつ観察ができる人になりたい。

　三十年近く前、そんな私にカンヅメを勧めてくれた出版社があった。書き下ろしの約束をしていて、締め切りが迫っていたわけではないのだけれど、担当編集者が、

「一度、カンヅメを経験してみたらどうですか。エッセイのネタにもなりそうだし」

と提案してくれて、都心のホテルの部屋を一週間、予約してくれたのだった。出版不況になる前の、全体的に本がよく売れていた時代で、そのおかげで声をかけてもらったのだろう。当時、私はまだネコを保護していなかったために身軽だったので、それなら経験としてお言葉に甘えようかと軽い気持ちで引き受けた。パソコンは持っていけないので、資料と下書き用のノート、読みたい本などを持って、ホテルに入った。

もともとホテルのシンプルな部屋は好きなので、居心地はとてもいい。自分で掃除をしなくてもいい。とても快適なのだが、読みたい本、資料を読むのはともかく、右手の鉛筆はまったく動かなかった。ルームサービスで朝食を頼み、それを食べるとお掃除の時間になるので、部屋を空けなければならない。ホテルの周辺には様々な店があるので、目についたものを買ったり、ふだんは行かないセール会場をのぞいて買い物をしてしまったりしていた。それらをホテルの部屋に持って帰ると、チェックアウトをするときに荷物が増える。それがいやなので買い物袋を抱えて電車に乗り、自分の部屋に戻って荷物を置いていた。

そうなると茶でも飲むかという気分になり、紅茶を淹れてソファに座り、ぼーっとベランダなどを眺め、一時間ほど過ごしてまたホテルに戻った。夜もルームサービスを頼み、自分なりにがんばって書こうと努力はしたが、やる気は出ず、一週間いて一文字も書けなかった。担当編集者は、いつホテルに電話してもいないと嘆いていたし、

「すみません。必ず書きますから」

とお詫びして、私のカンヅメ初体験は終了した。原稿が書けないうえに、口唇ヘルペスまで出た。その後、約束どおりに原稿を渡したけれど、私にはとても無理なのがわかった。

「何もしなくていいので、ただ書くことのみに専念してください」

という状態は辛い。

「あー、何かわからないけど忙しい」

とあたふたしながらも、自分で御飯を作り、洗濯、掃除をしているなかでなければ、原稿が書けないのだ。

最近はスマホの普及によって、文章が、机の前に座らなくてもどこでも書けるようになった。風呂に入りながら、ベッドに寝転がりながら、やる気になれば一冊分の原稿を書けてしまう。仰向けになったまま原稿が書けるなんて画期的だ。原稿を書く場所、体勢の変化から、今後は書く側の感覚や文体も変わってくるかもしれない。

圧力

世の中に名前を出して何らかの仕事をしていると、当然、好んでくれる人ばかりではないし、トラブルも起こる。前にも書いたけれど、私もデビューしてしばらくの間は、あれこれ文句をいってくる人がいた。だいたいがこちらの悪いところを指摘するわけでもなく、ただ、私が本を出しているのが不愉快で、腹が立つらしいのだった。

私がデビューした当時は、個人情報などほとんど保護されておらず、作家の住所を教えて欲しいといわれると、住所を教えてしまう気が利かない編集者が編集部にいたのである。著者の知り合いと嘘をついて、住所を聞き出すケースもあった。ちゃんとした編集者だと、そういった電話がかかってくると、作家に確認して、ＯＫといわれたら教えるようにしていたようだが、そうでない人は自分で勝手に判断して、住所を教えてしまっていた。

私もその被害に遭って、まったく知らない人から直接手紙が届いたわけなのだ。手紙で、

「あなたが引用していた諺は間違っている」

と指摘してきた人がいたのだけれど、その人のほうが勘違いしていたので、

「お手元にある辞書をご確認ください」

と返事を書いた。それ以外の手紙については完全無視した。どの人も文字や文面から察すると、私よりも相当に年上であり、そういった人たちが、小娘（当時は）にいちいち文句をつけてくるなんて、暇なのだろうなと思っていた。

十人いたら、そのうち五人に嫌われるのは当たり前だと思っているので、そういう人たちの怒りに対して、私がまじめに応じるのは、ばかばかしい。そういう人たちは、何を求めているのかよくわからない。自分の苛立つ気持ちを私にぶつけて、

「あいつにいってやった」

という、嫌がらせをした満足感があったのかもしれない。それで気が済むのなら別にいいし、いやだったら私の本を読まなければいいだけの話である。

むしろ嫌い、不愉快と伝えるために、何枚も便箋に文章を書いて封筒に入れ、それに切手を貼り、家から出てポストに投函するというのは、相当な手間だよなあと感心してしまった。それに比べて今は、悪口を書くのも簡単になった。そうだとしても、私にはそんな面倒くさいことは絶対にできない。

編集者からは、

「不快な内容の手紙はお送りしないほうがいいですか」

と確認されていた。なかには編集部で開封して、内容がよろしくないものは、転送しないようにといっていた作家もいると聞いたが、私は、

「全部、送ってください」

と頼んでいた。うれしいこと、不愉快なこと、人生に起こるすべてのことが、私にはネタの蓄積になるからである。

不買運動をちらつかせて、私の連載をやめさせようとするおばさんもいた。若い頃、新聞で短いエッセイの連載をしていたのだが、その内容が腹立たしかったらしく、新聞社に電話をかけて、私の連載をやめさせなければ、不買運動をするといってきたのだそうだ。担当編集者の五十代の男性は私に、

「書く内容を変えてほしい」

といってきた。

「どの連載のどの部分に問題があったのですか」

と聞いてもはっきり答えが返ってこない。

「たとえばどういう内容がいいのですか」

と聞いたら、彼は、

「みんなが不愉快にならないような、穏やかな内容のもので」

という。私は納得できなかったので、

「あなたは私に原稿を依頼するときに、そういうものを書いてほしいといいませんでしたよね。新聞は当たり障りがない内容のものが多いので、そうではないものをとおっしゃったので、依頼をお受けしました。それなのに内容を変えろというのですか」

と反論した。すると彼はそれに対して何もいえず、

「不買運動なんか起こされたら大変なんだよ！」

と怒鳴って電話を切った。私は心のなかで、

(不買運動なんか、起こすわけないじゃないか。そんな大げさな内容、書いてないよ)

とまったく気にしなかった。不買運動の対象になるのは、もっと社会的に大きな問題に関して書かれたもので、私みたいに自分の周辺で起こったことを書いているのとは程度が違う。不買運動を起こしたほうが世間から笑われそうだった。私の書くものがいやならば、書いてある部分をとばして、新聞を読めばいいだけの話である。

次の原稿もそれまでと変わりがない内容で送った。するとまた、

「内容を変えろっていっただろっ。これでは困るんだ！」

と電話で怒鳴りつけられた。

「それではクビにしてください。いつまで原稿をお渡しすればいいですか」

そうたずねると、彼は、

「があっ」

と大声で怒鳴り、大きな音をたてて電話を切った。そしてそれ以降、彼からは何のリアクションもなかった。

そんなに困っているのであれば、どうして私をクビにしないのだろうかと考えたのだが、クビにしないで内容を変えろといってくるのは、彼が社内での自分の立場を守りたいからだ。

自分が依頼した物書きが、開始して間もなく連載をやめて、編集部員から、どうしてそうなったのかと聞かれたときに、彼が周囲を説得できるだけの理由がなかったのだろう。不買運動をすると脅されたのなら、それを周囲に説明すればいいわけだが、それはどう考えても他の編集部員には、

「ふん」

と笑われてしまう可能性がある。しかしこのまま放置していると、不買運動のおばさんが、本当に不買運動を起こすかもしれない。そうなったら、

「何でこんな問題を起こしそうな奴に、原稿を頼んだのだ」

といわれるだろう。つまり周囲に知られずに、彼が自分の立場を守るためには、私に原稿の内容を変えさせるしかなかったのだ。

私としては、彼は私のこれまでの原稿を読んで依頼してきたわけで、どんなものを書くのかは十分、わかっていたはずである。それについて何かをいわれたのであれば、編集者はこちらを守る存在であって欲しいと、書く立場からそう思う。しかし私の経験上、そうではない人がいるのも事実だった。お世話になったB社の出版局長には、

「社内で出世したがるような編集者とは、つき合っちゃいけませんよ」

といわれていた。しかし実際には、仕事をしてみないとわからないのだ。

結局、不買運動は起こされず、私も書きたいものを書き続けて、連載は終わった。彼からは何のリアクションもなかった。生意気な若い奴の連載が終わって、ほっとしたことだろ

う。単行本にする予定が当初からあったので、単行本の担当者と打ち合わせで会うと、会うなり、

「大変でしたよね。申し訳ありませんでした」

と彼が頭を下げてきた。私への不満が、その担当者の耳に入っていたのである。

「何かいっておられましたか?」

「『本当にあの人には困らされている』って、顔を合わせるたびに文句をいっていました。いちばんだめなのは、本人だというのがわかってないのですよ。あの人のほうが変なので、気にしないでください」

といってくれた。

まさか不買運動などという言葉が、自分に関わってくるとは想像もしていなかったし、当時はまだ新聞を読んでいる人はたくさんいたので、クレームも多かったのだろう。私の書いているどの内容がクレームの対象なのかもはっきりさせず、ただ内容を変えろというのは訳がわからない。それ以降、新聞に書くのは敬遠していた。しかし新聞で連載したおかげで、私の名前が知られるようになったらしく、その件以降、本の売り上げが何倍にも増えた。何がきっかけになるかわからない。

そのトラブルから十年ほど経って、偶然、新聞連載時の担当者の娘さんと顔を合わせることになった。娘さんがいることは、周囲の人からの話で知っていたが、ある用件で顔を合わせる事態になってしまったのだ。彼女はとても穏やかで感じがよく、もちろん父親と私との

トラブルは知らない。私もその件については何も話さずに雑談をしていると、ふと彼女が、

「最近、父親が、『いい加減に、親のために家を建ててくれ』ってうるさいんですよ。どうしてそんなことをいわれるのかわからなくて」

と苦笑していた。私は、

「それは大変ですね」

といいながら、彼は仕事相手だけではなく、自分の娘に対しても、圧力をかけているのかと情けなくなった。

圧力といえば、この物書き生活四十年ちょっとの間で、一度だけ他の著者から圧力をかけられたことがあった。ある作家について書いた本の発売日が決まり、校正などの手順もすべて終えて、あとは印刷するのを待つばかりになったとき、担当編集者の上司から、

「発売を遅らせるようにと、いってきた人がいて……」

と暗い表情でいわれた。いったいどんな人がそんなことをいってくるのかと話を聞くと、たまたま同じ作家を取り上げた、その人が書いた文章がある本に掲載されるので、その本が出る前に、私の本を出すなといってきたらしい。そういわれても私は先方の意図が理解できず、

「それはどうしてですか?」

と聞いた。すると上司は、

「わからない。とにかく自分が書いた原稿が世に出る前に、本を出すのはやめてくれといっ

ているんですよ」

と首を横に振りながらいった。どうしてそんなことをいってくるのかを考えてみた。

その人はきちんと文学研究をしてきて、大学の先生もしている。私はその人が書いた本や文章を読んだことがあった。いわば文学研究の王道を歩んできた人だ。店舗でたとえれば老舗である。しかし私は本は好きだけれども、文学研究をやってきた人間ではないし、私のやっていることは、何度も書いているが、すきま産業だ。老舗の店の前で、きちんと勉強もしてきておらず、自分よりも偏差値の低い（これは正しい）奴に、うろちょろされたくないと思ったのかもしれない。私の本にはその作家に関して、縁戚の方から教えていただいたことや、新しく発見された事柄を書いていたのだが、もちろんそれについてはその人も知っていたはずだ。まだ知られていないものを、自分が最初に文章にして出したいという気持ちがあったのだろう。大学の先生だと、理系、文系関係なく、新しい発見というのは、評価につながる。つまりその人にとっては、自分の置かれた立場上、最初に書いた人でなくてはならなかったのだ。

私はこのような面倒くさい、ある種の欲に巻き込まれたくないので、

「発売日くらい、遅らせてもいいですよ」

と返事をしておいたが、刊行予定もあり、上司は納得できないといって、がんばって調整してくれようとした。が、話し合いは実らず、その人の本が出版された二か月後の発売に変更になった。人を教える立場の人でも、自分の欲のために年下の人間に圧力をかけてくる人

がいると知った、いい経験になった。そしてまじめに一生懸命に研究をしてきた人のなかには、がんばりすぎた結果、度量の狭い人ができてしまうのもわかったのだった。

就職差別

自分の文章をすぐに発表できるインターネットのサイトとは違い、紙の本や雑誌に文章が載るには、自分ひとりの力ではできず、編集者の力を借りないと、世の中に出ない。私は本に関わる仕事をしたかったのだけれど、それが難しいとわかって、どうしようかと悩んだ。大学生に対する、指定校制度というものがあったからである。

大企業やマスコミ各社を含め、彼らが指定している大学は、国立大学、早稲田、慶応など、その他、偏差値が高い大学ばかりだった。その理由は、間口を広げて募集しても、入社試験に受かるのは、偏差値の高い大学の学生ばかりというのが理由だったらしい。本当に適性がある人材が欲しいというよりも、無駄で面倒くさい手順は省きたかったのだろう。マスコミに入社したくても、指定校以外の学生は、今でいうエントリーすらできない。今だったら就職差別として大騒ぎになるはずなのだが、当時の私も含めた指定校ハズレの学生たちは、

「仕方がないよね」

と入れてくれる可能性がある会社を探しまくっていた。

私は出版社への就職が難しいとわかって、対象を広告代理店に変え、就職した広告代理店は、新聞の求人広告でみつけた。ずいぶん前にその話を若い編集者にしたら、

「新聞広告ですか?」

と笑われたのだが、当時は、そういったところから探すしか、マスコミに入り込む余地などなかったし、特に四年制大学卒の女子の場合は就職先を探すのには苦労した。指定校から応募してきた全員が合格するわけではなく、落ちる人もいるので、入社できないという点では私と同じだが、願書を出して落ちるのと、願書すら出せないのとでは、心情的に差がある。端《はな》から、

「あんたはマスコミの仕事には必要ない」

と烙印を押された気持ちになった。もしかしたら指定校外の学生に、ものすごい能力を持った人がいたかもしれないのに、企業はそこまでしなかった。

たしかに偏差値のことをいわれると、「うーむ」と黙るしかなかった。しかし偏差値だけで仕事をするわけではなく、センスの問題だよねと、同じゼミの学生たちと、ぶつぶつ文句をいっていたのである。その後、短期間で転職を繰り返し、小さな編集プロダクションで、パンフレットや社内報を編集していたが、本を編集する仕事には就けなかった。

私が会社をやめて、物書き専業になってすぐ、担当になってくれた某出版社の編集者が、彼女の就職のときの話をしてくれた。東京近県の実家では、ある雑誌をずーっと取り寄せて読んでいたという。文化的な雰囲気を漂わせる、子どもの頃の彼女でも憧れるような内容だ

った。就職活動をはじめたとき、まず愛読していたその雑誌の会社に応募したいと、電話をかけてみると、電話に出た女性が、

「大学はどこですか？」と聞いてきた。

「A学院大学です」

というと、

「そんな程度の悪い大学の学生は採りません」

と一方的に電話を切られた。その雑誌は母もたまに買っていたし、私も買ったことがあった。A学院大学のどこが程度が悪いのだろうか。

「ひどいわねえ」

「東大とか早稲田、慶応の人を採りたかったんじゃないですか」

「それにしても、物のいい方があるじゃないねえ。でもよかったわよ。あなたはちゃんと出版社に入社できたのだから。そこに入るよりずっとよかった」

「そうですね。でも、今も思い出すと、ちょっと腹が立ちます」

そのいきさつを聞いた郷里のご両親は、それまでずっと買い続けていたその雑誌を、その件があってから買うのをやめたといっていた。私も他人事ながら、不愉快になったので、その雑誌を買うのをやめた。今から何十年も前の話なので、現在は会社の方針は違っているのを期待するけれど、変わったかどうかは知らない。

指定校制度も消滅し、男女雇用機会均等法が施行されて、出版社にも女性社員が増えてき

た。しかしつい最近、某出版社の女性が、

「いまだにひどいことをいう上司がいるんですよ」

という。彼女たちは先輩として、面接試験に立ち会うのだが、そのときに上司から、

「成績で上から順番に採用すると、全員女性になってしまうので、男性には下駄を履かせて評価して欲しい。女性は子どもを産んで休職して、戦力にならないから」

といわれたのだそうだ。二十年、三十年前の話ではない。つい二か月ほど前に聞いた話だ。私が憤慨していると、

「世の中では女性の働き方へのサポートとかいわれているのに、現実はこうなんですよ。全然、だめです」

応募してくる女子学生のほうが優秀で、成績順に採用していくと、全員女性になってしまうケースが多くなるのは、ずいぶん前から、出版社の役付の人から聞いていた。実際の会社側の採用基準はよくわからない。試験の成績が合格ラインを超えていたら、点数の順番だけではない、何かが影響することがあるのだろう。成績以外も加味して、会社にプラスになる人材を確保するのはいいが、それが性別であってはならない。

「女性は子どもを産んで休職するから、戦力にならない」

なんて、この時代によくいうなと呆れる。それも私より上の世代がいうのなら、

「またじいさんたちが……」

とため息をつくしかないが、私よりもずっと年下の男性の発言だ。私が若い頃から、実は

世の中はほとんど変わっていないのだ。

社会に様々な人がいるように、もちろん編集者にもいろいろな人がいる。原稿を書きはじめた頃は、興味を持たれたのか、請われるがままに多くの編集者と会った。何か用事があるのだろうと、仕事を中断して待ち合わせの喫茶店に出向いたら、一時間延々と、自分の考えをものすごい勢いでしゃべり続けた男性編集長がいた。ある大手出版社の男性は、私が自分の想像とは違ったらしく、

「うちの奥さんと同じように、乾いたタイプかと思ったけれど、水っぽいタイプですね」

と訳のわからないことをいって、帰っていった。こういう失礼な人が男性だけなのは、私が原稿を書きはじめた頃は、女性の編集者がとても少なかったからだ。

親しい編集者とは、信頼関係があるので、何の心配もしていないが、困ったのは一度か二度、仕事をした程度の編集者とのトラブルだった。私はパーティーなどの集まりが嫌いなので、ほとんどそういう場所に出ていかなかった。あるとき知り合いの編集者が、あるパーティーに出席したらしく、

「X社の××が、『群ようこに仕事を頼みたかったら、おれにいえばすぐにやってくれる』っていっていましたけど。あの人と知り合いですか?」

と聞いてきた。たしかに取材を受け、その後、一度か二度、原稿を書いたけれども、その程度でしかない。驚いてその人との関係性を話すと、

「そうですよね。ぼくたち、作家と親しい編集者って、何となく耳に入ってくるんですけど、

それを聞いて、そんなことがあるのかなって不思議に思って」

といわれた。私の知らないところで、そんなふうにいわれていたのがわかって、これは直接ひとことといわねばと、ちょうどX社のパーティーが二週間後にあったので、行くことにした。パーティーで交流を深めるのが目的ではなく、彼に対してきっちり話をするためだけだ。この話をした親しい担当編集者のQさんが怒って、

「私も一緒に行きます」

といってくれたので、二人で会場に到着し、どこに彼がいるかと探した。彼は知らない男性とビール片手に談笑していた。私は早足で歩いていき、彼女も背後からついてきてくれた。私が来たことがわかった彼は、

「あっ」

と小声でいって、いつもと様子が違うと思ったのか、挨拶もせずに黙っていた。

「自分に頼めば私が仕事を引き受けるとか、おっしゃっているそうですけど、そういうことはとても不愉快なので、やめてください」

きつくそれだけいって、すぐに会場を出た。談笑していた相手の男性を、びっくりさせて申し訳なかったが、当の本人はひとこともいわず、棒立ちになっていた。私はそれで気分が収まったのだが、Qさんのほうが、

「他の場所で食事をして、気分を変えましょう。まったくふざけてますね。謝りもしないんだから」

といつまでも怒りは収まらなかった。
××氏とのトラブルについては、Qさん以外には話していなかったので、X社の人はそれを知らない。後年、その会社の担当編集者が、彼が多少仕事に関わっていたということで、会食の際に声をかけたといっていた。私は、ああそうですかと返事をしておいたが、当日、「風邪気味なので、移すと申し訳ないので欠席すると連絡があった」と、担当者から聞いた。それが嘘でも本当でも、私はいいたいことを直接いえたので、どうでもよかった。

　私はこれまで何人もの編集者にお世話になっているが、ほとんどの場合、うまくいっていたけれど、五人には担当を替わってもらった。理由は「重要な事柄で嘘をつかれた」「上司にも私にも確認をとらず、勝手に自分だけで作業を進めて、知らないうちに本ができあがっていた」「原稿を早く欲しいといわれて、締め切りに間に合うように書いたのに、何か月も原稿を放置された」「仕事上でミスを重ねたうえに、私が考えた自分の本のタイトルのなかでボツになったものを、他の作家、それも年長の方の本に付けた」「外国国章損壊罪にあたるようなイラストを、表紙を依頼したイラストレーターに勝手に発注し、他の面でも礼儀とは何かという意識に欠けていた」だった。

　どうしてそうなるのか、まったく理解ができなかったので、仕事は一緒にできないと判断して、替わっていただいた。編集者とは一対一の仕事なので、そこでトラブルが起きると、こちらもきつい。彼ら、彼女たちと相性のいい作家もいるはずで、それは仕方がない。こういうトラブルは私だけに起こったわけではなく、同じ人によって、他にも迷惑を被っている作家がいるのではないかと、トラブルのたびに統括する上司に確認すると、やはりそういう編集者は、どの仕事もスムーズに進まないといっていた。多くの応募者から選考したとしても、人間性まではわからないのだ。なかには出版社から仕事が来なくなると困るので、編集者とトラブルがあっても、我慢している物書きの人もいると聞いた。トラブルが起きたとき、こちらの考えを伝えて、原稿依頼が来なくなったら、それだけの会社ということだ。

編集者は様々な立場の人の間に挟まれて、ストレスがたまる大変な仕事だ。以前は男性編集者から女性編集者へのセクハラ、男性作家から女性編集者へのセクハラの話はたくさん聞いたが、最近は女性作家から、男性編集者への事例も聞くようになった。実名を聞く場合もあるし、出来事のみを聞いた場合もあったが、あちらもこちらも大変そうだった。私は編集者になりたいと思っていたが、実際の仕事は本当に過酷だ。面倒くさがりで飽き性の私にはとても務まらない。私が編集者になるチャンスに恵まれなかったのも、適性を考えると、結果的にはよかったのだろう。

麻雀漬けの一年

物書き専業になって、十一年ほど経った四十歳のとき、一年間仕事を休んだ。仕事のほとんどが、単行本にするための連載で、いったん引き受けると一年から二年はそれらに関わっていくことになる。生活を考えると、毎月、原稿料が入ってくるのはありがたかったが、このままずっと続けていると、永遠に休みが取れなくなるのではと心配になってきた。ちょうど、どの仕事も区切りがつくタイミングだったので、

「一年間は仕事をしないので、もしも仕事がいただける場合は、来年にお願いします」

と各出版社にお願いをしておいた。毎月の締め切りがない書き下ろしをひとつだけ受けていて、家でまったく原稿を書かないわけではなかったが、私が現在進行形で書いている文章は雑誌には載らず、原稿料も入らない状態になった。一年間休む年の一月一日を迎えたとき、気持ちはとてもすがすがしかった。この一年、毎月の締め切りを気にする必要がないと考えると、解放された気持ちになった。

一日のスケジュールは、当時も今も変わらない。午前中は朝食を食べ、掃除、洗濯をして、

必要があれば役所や銀行に行き、食材や日用品の買い物をする。昼食を食べてから仕事をするのだけれど、午前中はまだしも、午後になるとやることがなくなってしまった。習慣でパソコンの前に座るのだが、

「そうだ、原稿を書く必要はなかった」

と気がつく。当時はツイッターやインスタグラムなどはまだなく、パソコン上で読むものといったら、ブログくらいしかなかったので、気に入っていたものをいくつか読んで、その後はぼーっとしていた。しばらく放心した後は、とりあえずは本でも読もうと、買ったまま積んであった本を読んでいた。

そして夜になると盛り上がったのが麻雀である。仕事があるときは控えなくてはならなかった、といっても麻雀というものを知ってからは麻雀優先だったが、私が仕事を休んでいるのを知った人から、ほぼ毎日のようにお誘いがくるので、私もほいほいと参加していた。当然、へたくそなので連日負けた。負けるのはいいのだけれど、いくら初心者だからといって、どの牌《パイ》を捨てようかと、時間をかけて悩んだりするのは極力避けたい。同じ卓を囲んでいる人たちに迷惑はかけたくない。麻雀は四人でやるゲームなので、リズムが大切だろうと、スーパーファミコンの麻雀ゲームを、隣町の中古ゲーム屋で購入して、原稿を書かなくてもよくなった午後に、ずーっとやっていた。麻雀以外の本は読まなくなった。

本も購入して、役や待ちを覚えようとしたが、ゲームのほうがずっと覚えやすかった。現実には麻雀の練習をするのに、他に三人の面子を集めるのも大変だし、いつでも卓が囲める

ゲームには助けられた。ゲームがなければ、麻雀を覚える速度がとてつもなく遅くなっていたのは間違いない。画面の中の三人は存在はしていないが、それでも長考しないような癖をつけるようにした。

その結果、実戦ではいつも負けた。それでも麻雀はとてつもなく面白いゲームなので、午後六時すぎから明け方まで徹夜で打っていた。すでに明るくなっている夏の朝四時半すぎに、眠いような軽く興奮しているような頭で、タクシーに乗って家に帰る途中、

「こんな生活も悪くないなあ」

と思った。それは朝帰りをする生活だった。私は酒が一切飲めないこともあり、夜の遊びの楽しみを知らなかった。特にこの世の中で、酒癖の悪い人間がいちばん嫌いなので、宴会、酒席はどうしても参加しなくてはならないとき以外は、行かないようにしていた。しかし大人になってはじめて麻雀を知り、夜の遊びを知ったわけである。

麻雀は面子が揃えば日中でもできるし、したこともあるけれど、昼間はいまひとつ気分が盛り上がらなかった。同卓の他の三人が勝負に支障がない程度に酒を飲み、ぐだぐだしながら、たまに正気を取り戻して打っているのがいちばん面白かった。私はずーっとへたくそだったけれど、気の合う人たちと、くだらない雑談をしながら打つのが楽しかった。そのほとんどの場に、鷺沢萠さんもいた。頭脳明晰な彼女は、麻雀もとても上手だった。私が振り込むと、彼女は、

「おねいちゃん、どうしてそれ捨てたの？」

と私の手牌を開かせ、捨て牌と照らし合わせながら、

「あー、そこ、ちょっと違っちゃったんだね」

とか「これはしょうがない」とアドバイスをしてくれた。私は、

「ああ、そうなの」

といっていたが、正直、どこでミスをしたのかはよくわからなかった。友だちや麻雀プロの方々まで、親切に教えてくれたのにもかかわらず、私の努力不足もあって、ものすごいへたくそが、ちょっとへたくそくらいにしかならなかった。皆さん、こんな私によくも懲りずにつき合ってくださったと感謝している。


ほとんど麻雀漬けの生活なのに、ろくに点数計算はできないし、私はただ四人集まった卓で、牌をツモって、捨ててを繰り返しているだけだった。もちろん上がりに向かってはいるのだが、みんながフェラーリで頂上を目指しているのに、私一人だけ、草鞋を履いて杖をついているような状態だった。四人のうち一人しか頂上にいけないのに、私は他の人などどうでもよく、自分の役を作ることだけに集中していた。場の流れによって臨機応変に手役も変えていかなくてはならないのに、それがうまくできない。捨て牌はその人の狙いを表わしているのに、私にとってはただのいらない牌としか見えず、こんな調子だから他の三人の手牌など推測できるわけがない。

数学的な頭脳がないと麻雀はうまくならないと思うが、私にはまったくその素質はなかった。ただ、牌をツモったり捨てたりしているのが、なぜか楽しかった。若い頃に、麻雀など

わからないのに、とても面白く読んだ、阿佐田哲也の『麻雀放浪記』の世界の、ほんの一部だけでもうかがい知れたのもうれしかった。

麻雀仲間のスケジュールによっては、何日も麻雀ができない日もある。そんなときは日中は麻雀ゲーム、晩御飯を食べた後は、点数計算の勉強である。風呂に入りながらも本を読み続け、そのときは、

「よし、わかった!」

と自信満々になるのだが、次に卓を囲んだときには、ぱっと点数が出てこない。だいたい、上がるのが珍しいから、点数を申告するチャンスもとても少ないのである。たまに上がって開いた手牌を見つめながら、

(これはリーチ平和《ピンフ》ドラ一だから……)

と考えていると、親切な同卓の人が、

「三千九百点ですね」

と教えてくれる。

「はい、ありがとうございます」

と点棒をいただいた。考え込んで場の流れを乱してはいけないのである。他の人は変化していく牌の組み合わせによって、点数を考えながら打っていくのだが、私の場合はただ役を作るために、牌を集めているだけだった。勝ち負けには興味がないので、あまりに負け続けるとふがいないとは思うけれども、悔しいとは感じなかった。麻雀は勝負事なのに、根本的

に私には負けん気がない。こんな調子だから、いつまでもへたくそのままだったのだろう。

麻雀漬けの日々で、毎日、楽しく過ごしていたが、文庫本は発売予定があったので、たまにゲラなどが送られてくる。そのとたんに仕事モードに引き戻された。仕事で社会とつながっている気がした。ふだんはゲラのチェックは、自分の至らないところや無知さをつきつけられて辛いものがあるのだが、このときはゲラを見ていられるだけで、わくわくした記憶がある。

当時は、会社を定年退職した母親から、月に四十万円の生活費が必要だといわれて、毎月、送金していた。私が一年間休むといったとき、親ならば、

「今まで忙しかったのだから、少しは休んだほうがいいよ」

といってくれるだろうと想像していたら、私の話を聞いた彼女の返事は、

「あら、それじゃ、私はどうなるの」

だった。年金ももらっているはずなのに、自分のことしか考えてないのだなあとがっかりしたが、当然、休んでいる間も、毎月、送金は欠かさなかった。しばらくの間、このやりとりを思い出してはむかついていた。

結局、休みの一年はあっという間に過ぎ去り、年が明けて一月一日になった。今年からまた仕事をちゃんとしなければと覚悟をし、約束をしていた一月末の締め切りの原稿を書こうとした。本来ならば年末に渡したかった、書き下ろしの原稿も書けていなかった。ところがパソコンの前に座っても、まったく指が動かない。頭の中であれこれ考えてはいたのだけれ

ど、それがまったくキーボードを叩く指に伝わらず、仕事モードに戻れない。

「こんな調子で、これから原稿を書いていけるのだろうか？」

不安になりながら、少しずつ書いたり削除したり、ばらばらに思いついた部分から書きはじめて、あとからつなげたりしているうちに、半月後くらいに、やっとこれまでの感覚を取り戻して、原稿を送ることができた。私は長期間休むとろくなことがないとよくわかった。

おまけに当時の税理士さんからは、

「一年間休むなんて、最悪の選択」

といわれてしまった。何冊かは文庫が出るものの、連載がまったくないので、その分、収入が少なくなる。それなのに前年度分の税金を納めなくてはならず、

「収入を極端に下げるのはだめ」

という意味らしい。税理士さんは、納める税金を減らしたいのであれば、グラフにするとなだらかな下降線になるように、少しずつ収入を減らすのがよいといったけれど、そんな器用なことができるわけがない。自分がそのつもりじゃなくても、収入が極端に下がる場合だってある。出版なんて博打みたいなものなのだから、売れるか売れないかなんて、わからない。ただ、今後はアクシデントは別にして、自ら一年間も仕事を休むことはしないと決めた。

その後、仕事をしていた出版社の担当が全員替わり、連載がゼロになった年はあったけれども、自発的に長期間、仕事は休んでいない。先日、書類などを入れていた箱を整理していたら、物書き専業になってから十五年目に出た、『十五年目の玄米パン』という本が出てき

た。後ろのほうに、仕事年表があるのだが、それにそれまで書いてきたエッセイの連載時のタイトルも紹介されていた。単行本は連載時と同じ場合もあるし、変える場合もある。もちろん単行本のタイトルは覚えているけれど、あらためて連載時のタイトルを見ていると、とても懐かしかった。「東京ビビンバどにち放浪記」「東京パイルドライバー」「群ようこの吉祥寺からおやすみなさい」「ニセ枕面白草子」「テレビでれんこ日記」「群ようこのビデオでっせー」「言わせてもらえば…」「猫だましの一発！」「月日の数だけ恋してる」「四十の手習い」「女のモノ語り」「群発小地震」「キョーフ小劇場」など、私らしいものもあり、そうでないものもあった。

しかし連載時のタイトルのなかで一番ひどかったのは「埴輪の宿便取り」だろう。以前からお世話になっている編集者の顔立ちが埴輪に似ていたのと、当時、宿便取りがブームになっていたので、それをただくっつけたものだった。もちろん編集者の彼が宿便取りをしていたわけではない。まじめなタイトルは何十個も考えないと決まらないのに、こういったふざけたタイトルは一発で出てくるのも情けない。よくこんな状態で、仕事を続けてこられたものだと、我ながら呆れるばかりである。

ネタ提供します

私が書いたエッセイには人物が登場する場面がよくあるが、それは現実にいる人たちである。私自身が関わった人もいれば人づてに聞いた人もいるが、架空の人物ではない。ただその人が誰であるかが、具体的にわからないように、話の流れに影響しない範囲で、変えている部分はある。すべて正直に書いているわけではない。

デビューして間もなく、私が学生時代にとても腹が立った出来事があり、そのことをエッセイに書いた。このときは私もまだ若く、相手に対して、

(この人が誰のことなのか、読んだ人にばれてもかまわん)

と思って書いてしまった。それくらい嫌いな人だった。本が出てしばらくすると、その当人から電話がかかってきた。私は電話番号を教えていなかったのに、友だちをたどって聞いたらしい。てっきり文句をいわれると身構えていたら、彼女はものすごく機嫌がよくて、

「本、読んだわ。ほら、あそこに出てくる変な女、いたじゃない。ああいう嫌な女っているのよね。私、読んでいて大笑いしちゃった」

という。まさか、

「それはあんただよ」

とはいえず、

「あら、そうなの。どうもありがとう」

といっておいた。彼女は終始、上機嫌だったが、それっきりでその後の付き合いはない。友だちが男の子を出産した際、赤ん坊のときは夜泣きがひどく、幼児になっても腕白で本当に手を焼いていると嘆いていた。夜もなかなか寝ないので、睡眠不足で毎日へとへとだともいっていた。彼女が布団に倒れ込んでいると、当の息子は椅子を使って出窓によじ登り、そこに立ち上がって暗い外を見ている。重い体を起こして、

「やめなさい」

と下ろそうと近寄ると、闇夜の出窓に、部屋の明かりに照らされて手足を広げた幼児の姿が浮かび上がっているので、外を歩いている人たちが、びっくりした顔で足早に立ち去るのが見えた。若い女性は、

「きゃあ」

と叫んで逃げていく。

他にも、夜中だというのに、冷蔵庫から取り出したうどんの袋で、寝ている彼女のほっぺたをばしばしと叩きながら、

「やちうどん、やちうどん」

と起きるまでいい続ける。焼きうどんを作ったら、それがその子の大好物になってしまい、真夜中でも焼きうどんを作れと訴えるのだった。

友だちからは、

「今は何をいってもわからないだろうから、この子が大きくなったときに、『小さいときには、こんなことをしていた』ってわからせたいので、エッセイに書いて」

と頼まれた。そして聞いたとおりの話を書いたところ、彼女は、

「これで、こいつが大きくなったときに、一泡吹かせてやれる」

と喜んでくれた。

ああ、よかったと思っていたら、知らない女性から手紙が来た。内容は、

「友だちの子どものことを書くとは何事か。プライバシーの侵害だ」

とやたらと怒っている。その人はもちろん私が友だちから頼まれたという事情は知らないわけだが、

「知らないくせに、いちいちうるさいな」

と腹が立った。きっととてもまじめに生きている人なのだろう。この人は住所は書いていなかったが、名前は書いてあったように記憶している。

自分に頑なな物差しがあり、いつも何かをチェックし続けて、「あれはいけない」「こんなことをして。ひとこと文句をいってやらねば」という気持ちでいる人生も大変だ。友だちでも、自分のことは書かないでという人もいるし、何でも書いていいという人もいる。人それ

ぞれである。

なかには、

「ネタを探すのは大変ね。何か私の周りにネタはないかしら」

と会うたびに真剣に考えてくれる人もいる。私のネタ涸れを心配してくれる、様々な年齢、職業の人と話をする機会がある仕事の人は、

「またネタを仕入れてきたわよ」

と教えてくれる。戦時中、赤紙の宛名（本人はそれが赤紙だとは、知らされていなかった）を書かされていて、書いてはいけない人の宛名を書いてしまった人。本家が有名な血筋の家で、自分は大陸の他家に嫁いだのだが、戦後、日本に引き揚げてくるときに、その本家の名前の威光で住む場所や仕事を融通してもらった人。家庭内でびっくりするような子どもじみた行動をする夫に対して、いくら訴えても改めてくれないと泣く中高年母娘。その他、一人娘のできちゃった結婚で、手広く会社経営をしている両親が、その男性を婿養子として迎えたはいいが、彼は仕事をせずに湯水の如くお金を遣うようになった。結局、彼と離縁することにしたが、離婚調停が大もめにもめて泥沼化し、多額の慰謝料を払わされた話など、噂話としては興味深いものがたくさんあるのだが、何でも書けばいいというものでもないし、すべての話が個性的すぎて、本人が読んだら絶対に自分だとわかる内容ばかりだった。私は、よくぞそんなレアケースばかりを仕入れてきたものだと感心しながら、

「ああ、なるほど」

と聞いていた。

ネタとしてはもったいない内容ばかりだったが、それらを書いたことはない。最近はそんなこともなくなったけれど、私が若い頃は、自分のことを書いてくれといってきた人（すべて私よりも若い女性ばかり）が、何人かいた。あるとき懇意にしている女性編集者から、某雑誌の編集部から、原稿の依頼がくると思うので、よろしくお願いしますと頼まれた。彼女とその雑誌の編集長が知り合いで、依頼をする前に話を通して欲しいということだったらしい。私もテーマによるけれども、彼女の紹介でもあるし、原稿を書かせてもらうつもりでいた。

しばらくして某誌の編集部の女性から原稿依頼の連絡があった。ところがその人は、原稿の依頼がメインではなく、自分のことを書いて欲しいというアピールがすごかった。「私に連絡をくれれば、ネタになるような面白い話をたくさん教えてあげられる」とメールが来たので、こういう人とは関わり合わないほうがいいと判断し、原稿も個人的なご依頼もお断りした。

私が原稿を断った話が、その人から編集長に伝わり、その後、懇意にしている編集者の彼女に連絡があったのだろう。彼女からいいにくそうに、

「あのう、先日、原稿のご依頼の件をお話ししたと思うのですが」

と連絡があった。私は、

「依頼があったのはあったけれど……」

と、事の顚末を話した。すると彼女はびっくりして、

「それはひどいですね。すぐに編集長に連絡しておきます」

といった。その話を聞いた編集長は絶句していたという。

編集者だったら、他人に書いてもらうまでもなく、自分で書けばいいのである。それとも、自分で書くよりも、「あのモデルは私」となるほうが彼女にとっては魅力があったのだろうか。偶然に出会った人からも、

「とても面白い経験をたくさんしているので書いてください」

といわれたことが何度かある。一方的に「面白い経験」の一部を話してくれるのだが、どれも正直、面白くなかった。

経験上、「自分は面白い」と思っている人は、だいたい面白くないと思って間違いない。私の場合は面白いと感じるネタは、当人にとってはふつうの出来事で、面白くも何ともないと思っている場合が多い。そういった本人がスルーしている部分の面白さを引き出すのが、書く側の腕の見せ所になるのだろう。また、耳で聞いている分には面白いが、それを文章にして面白いのかどうかという疑問もあるし、私自身が興味が持てない場合もある。

手紙でも、「自分を書いて欲しい依頼」は何通もきた。もちろん返事も書かないし、原稿として書いたことは一度もない。「私のことを書いてください。連絡待ってまーす」といった簡単なものもあれば、便箋二十枚以上に、びっしりとこれまで経験した事柄を延々と書いてきた人もいた。たしかに山あり谷ありの人生なのだけれど、書くとなると、その人自身に

興味が持てるかどうかが重要になる。書く側の私の好みになるのだけれど、平凡な毎日を送っている人のほうが、実は面白い人生を過ごしている場合もあるので、たくさんの経験をしているから、その人のことを本にできるかというと、それはまた別問題なのだ。

今から二十年前に、浅草在住の私の小唄と三味線の師匠をモデルに本を書いた。このときはかつては芸者さんで、現在は置屋のおかあさんになっている師匠の人生に興味を持ち、戦前、戦後の東京の話も知りたいと、書いた本だった。師匠の小柄なお母さんが、それまでに何度も流産を繰り返していたため、医者の勧めで栄養剤を打っていたところ、栄養がまわりすぎたのか、巨大な赤ん坊として生まれたこと。父親が花柳界の仕事をしていたこともあり、きれいな芸者さんに憧れて、母親が泣いて引き留めるのも無視して、芸者修業に足を踏み入れたこと。水揚げのときには、事前に置屋のおかあさんからは、何も知らされておらず、「お客さんのいう通りにしていればいい」といわれていた。しかし、いざそのような事態になったらびっくり仰天し、必死に抵抗して大暴れしたために相手も諦め、何もされずに済んだこと。生まれつき右手に軽い障害があったのにもかかわらず、三味線には定評があるまでに上達したこと。戦時中は着の身着のままで逃げ回り、防空壕に入ろうとしたのを意地悪く追い払った人たちのところに、焼夷弾が命中したこと。芸者さんとしては珍しく、結婚して子どもを二人もうけたこと。などなど、まさに人生にドラマありだった。

先生は芸事で身を立てているから、その点では特殊かもしれないが、特別な人生を送ってきたとは考えていないようだった。御本人のキャラクターもあって、辛かったであろう数々の出来事も、どこか面白かった。自分の今までの人生について、気楽にお話ししてくださったものを、時系列に直して、極力事実に即して書き、事前にすべて読んでいただいた。その後、舞台にもなり、師匠の役を名取裕子さんが、美しく面白く演じてくださった。

モデルにした人物が、事前に原稿を読んで了承していたのなら別だが、そうではない場合、みんなが書いてもらってうれしいと感じるわけではない。なかには不快に感じる人もいるのは当然だ。

若い頃、私は年配の編集者から、

「物書きは原稿を書くときには、小説であってもエッセイであっても、対象者に情けをかけてはいけない」

といわれた。書く側の視点がぶれるからだが、昔はそれでもよかったけれど、最近はそうではない風潮になった。何かを表現するときに、周囲を見渡さなくてはならないような世の中になってきた。人を傷つけるのはよくないが、かといって自粛しすぎるのもよくない。自分のしたことには鈍感だが、されたことに対しては異常に敏感に反応する人も多くなった。書く対象者との距離の取り方は、これからも難しい問題になっていくのだろう。

人前に出るということ

本を出版した後、それに関して取材を受けることがある。若い頃は、なるべく取材は受けるようにしていたけれど、聞かれることがだいたい同じで、何回も同じ話をし、その結果、同じような記事しか掲載されないのがほとんどだった。それではこちらの時間が取られるのがもったいない気がしてきたので、最近は取材は一冊につき二件のみにさせていただいている。

ずいぶん前だが、若い編集者から、

「テレビに出た作家の本は売れるんですよね」

と聞いて、

「へえ、そうなんだ」

と思い、その話をベテランの編集者にしたら、顔色を変えて、

「そんなことはないわよ。一時的にそうではあっても、ずっと続くものじゃないわ。本を売るのはそういうことじゃない」

とちょっと怒っていた。若い編集者がいったことも、嘘ではないだろう。テレビを観て、興味を持った人が本を買う可能性はある。テレビはまだまだ広告媒体として大きな力を持っているのだ。

出版した後に取材を受け、それが媒体に掲載されるのは、宣伝活動のひとつである。それでいうと、私はまったく協力的ではない。物書き専業になって数年ほど経った頃、編集者から書店に挨拶に行ってくれないかといわれて断った。その人はベストセラー作家の方々の名前を出して、

「みなさん、行ってくださったのに」

ととても残念そうだった。私は物を書くのが仕事で、営業するのは自分の仕事ではないとお断りしてしまった。

ラジオ番組にも、声をかけていただき、何度か出させていただいたけれど、四、五年前の嵐の日に、FM局に収録に行って以来、ラジオの出演もお断りしている。自分にとって、何か違うと思ったものは、やらないことにしているので、それによって先方や編集者を不愉快にした場合もあっただろう。特に編集者は、私の知らないところで、いろいろと心を砕いてくれていると思うので、申し訳ないけれど、それも仕方がないと考えている。

最近はＴｉｋＴｏｋで本を紹介する人がいて、彼らが紹介した本は、三十年以上前の本であっても、突然、売れはじめることがあるという。

「ＴｉｋＴｏｋって短いんでしょう？」

名前は知っているが、内容をよく知らない私は、教えてくれた編集者に聞いた。

「十五秒くらいですね」

「そんな短いのに、それで本の内容が伝わるのかしら」

「ものすごい早口で紹介しているみたいですよ。若い人はＹｏｕＴｕｂｅやスマホをスクロールするのも、まどろっこしくて見ていられなくなって、十五秒くらいだったら、我慢できるんじゃないですか」

十五秒程度しか我慢できない人たちが、一冊の本を読み続けられるのかと首を傾げたが、それでも紹介された本に興味を持って、読む習慣ができた人が一人でもいるのならうれしいことだ。そういった媒体で本を紹介してくれる人たちは、宣伝活動をしてくれているといえるだろう。

テレビ、ラジオ、今だとＹｏｕＴｕｂｅ、ＳＮＳなども入るのだろうが、そういった場所に身を置いて、自分が楽しめるのであれば、本を作る側も出たほうがいい。ちょっといやだなと思いつつも、断りづらくて人前に出ていたとき、同業者の男性にその話をすると、

「呼ばれたのなら、できる限り人の前に出たほうがいいよ。人は顔を見た作家を身近に感じて、本を買ってくれるから」

といわれた。私は、

「そうですか」

としかいえなかった。彼のいうように、じかに話を聞いたり、会話をしたりすると、親近

感を持つ可能性はあるけれど、本を買ってくれるかどうかは謎である。ちなみに私が人が集まる場所に行った後、特に本が売れた記憶はない。

若い友人だった鷺沢萠さんは社交的だったので、雀荘にはもちろん、飲み会やパーティーにも積極的に参加しているようだった。お母様が着ない着物を私にくださるというので、彼女が車で届けてくれたことがあった。私の部屋でお茶を飲みながら、彼女が、

「ねえ、おねいちゃん、いろんなところへ行くと、私が何者かを説明しなくちゃならないときもあるじゃない。そのとき私の素性をわかった人の、ほとんど全員が、『わあ、ファンなんですぅ』っていうの。でもね、そんなにたくさんファンがいるんだったら、もっと私の本が売れてもいいと思うんだよね」

と真顔で話した。二人でしばらく顔を見合わせた後、同時に大笑いしてしまった。

「もしもファンじゃなかったら、『あなたのことは知りません』とはいえないから、相手に失礼がないように、そして自分も無礼な人だと思われないように、そういった可能性もあるわよね。でも本当にファンの人で、本を買ってくれていたかもしれないじゃない?」

私の言葉に彼女は首を横に振りながら、

「雰囲気からして、絶対、私のことなんか知らないと思う。勘でわかるよ。百歩譲って、名前はどこかにひっかかっていたかもしれないけど、本は買ってないはず」

という。そしてその人が本当にファンなのかを確かめようと、「どんな本を買ってくださったんですか」「その本のどこが面白かったですか」などと聞いてやろうかと思ったけれど、

相手が言葉に詰まるのを見ている自分がみじめになりそうだったので、追いつめるのはやめたといっていた。

「追いつめたいけどねえ」

私が笑うと、彼女も、

「そうだよね、おねいちゃん。じわじわと攻めてやりたいよね」

といったのだが、結局、相手がファンではないのがわかった場合、ダメージが大きいのは、相手ではなくこちら側だとわかって、

「そういうことはしないほうがいい」

と二人で納得したのだった。

私の場合は昔も今も、パーティーなどの人が集まるところは好きではないので、ほとんど行ったことがない。テレビにも出ないので顔を知られているわけでもない。そのため鷺沢さんのような経験はしたことがなかった。だから安心して、ひょこひょこと出歩いていたのだが、あるとき、平日、午前中の手芸店で視線を感じ、ふと目を上げると、背の高い女性が私のことをじっと見ていた。まあ、たまたまそういうこともあるのだろうと気にも留めずに、毛糸をあれこれ物色して買い物カゴに入れ、店内を歩いていたら、彼女から、

「群さんですか」

と声をかけられて、びっくりしてしまった。

「違います」

とはいえず、

「はい」

と答えたのだが、その方はびっくりした表情で、

「本当に毛糸を買いにきてるんですね。突然、失礼しました」

といって去っていった。

彼女は本を読んでくれていたのは確かだが、私が編み物をするという話に疑問を持っていたのかもしれない。だから毛糸売り場で遭遇して、びっくりしたのだろうが、

「この人、嘘はついてないよ」

と彼女に教えるように、何かがその日、その時間帯にそこで会うような偶然を作りだしたのに違いない。

他にも麴町の歩道を歩いていたら、突然、女性から、

「群さんっ、私、群さんのおかげで便秘が治ったんです。ありがとうございますっ」

と大きな声で御礼をいわれたこともあった。

(えっ、えっ、便秘?)

とあせりながらぐるぐると頭を回転させると、たしかに、小麦ふすまで、私や友人の便秘が改善したという話を書いたのを思い出した。特に友人の場合は、夫婦で並んで布団を敷いて寝ていたのだが、腸がゴロゴロと音をたてて活発に動くようになり、隣で寝ていた夫が、

「お前の腹はうるさい!」

と怒ったほどだったのだ。声をかけてくれた彼女は長年、便秘で苦労していたそうで、

「本当にありがとうございますっ」

と何度も頭を下げるので恐縮してしまった。

「お役に立ててよかったです」

二人で向かい合って頭を下げ合っていると、仕事の途中だったという彼女は、「何でこんなところで」とびっくりしていたが、私もびっくりだった。読者と接するのは偶然でいいのである。

私が何者かを知らない人に対してはもちろん、普通のおばちゃんとして生活している。よくヘアサロンであれこれプライベートを聞かれるのがいやだという人がいるが、私もそうなので、そういうスタッフがいる店には行かないようにしている。幸い、今通っているところは、こちらが話さない限りは、プライベートな部分は聞いてこないので、今のところは安心している。

専業主婦ではなく働いていて、平日に来店するというところで、何となく自営業ということだけはわかっているようだ。私もそれ以上のことを聞かれても話すつもりはない。だいたい個人のプライバシーを聞くよりも、話すことは他にもたくさんあるし、やたらとプライベートなことを聞いてくるヘアスタイリストは、会話の引き出しが少ないのだろう。

友だちと一緒にいて、相手が私と初対面の場合は、彼女たちは気を利かせて、ただ、

「私の親しくしているお友だちです」

とだけいってくれるので、それ以上、相手は聞いてこない。そういわれて、

「どんなお友だちですか。職業は何ですか」

などと聞いてくる人は、ほとんどいない。私としてはなるべくこちらの素性を知られたくないし、何らかのタイミングで知られたのであれば、それはそれでかまわないのだけれど、自分からあれこれ話す必要はない。世の中で目立たず、こそこそっと生きていきたい。背が低くて本当によかったと、この点に関しては喜んでいる。

なるべく取材もお断りしたいのだけれど、せっかくいってきてくださるので、基本的に紙媒体のものを受けている。ただ外での写真撮影を、と頼まれると困る。以前はよく人通りの多いところで撮影をされ、

「あの人、誰？」

「知らない」

という声が聞こえた。知られていてもいなくても、恥ずかしくていたたまれなかった。

撮影場所が外でなくても、カメラマンの方々は当然ながら、「笑ってください」「笑顔でお願いします」というのだが、もともと写真が嫌いだし、演じる職業の人間でもないのに、レンズに向かって、にこにこ笑えるかといつも困る。私が困るのと同じように私もカメラマンを困らせているのに違いない。

雑誌や新聞の紙媒体が主とはいえ、現在は取材の内容がインターネットで配信されたり、サイトに掲載されたりするので、載るのは紙媒体だけではないが、興味のある人しか見ない

だろうから、仕方がないと諦めている。

毎日、たくさんの本が出版されているなかで、誌面の貴重なページを割いて、本を紹介してくださるのは本当にありがたいと感謝している。しかしどんなに宣伝活動を行っても、結局、「買う人は買うし、買わない人は買わない」というのが私の正直な気持ちである。ただ、本が出るごとに版元と交わす、出版契約書のなかには、「著者は版元の宣伝販促活動に協力する」という旨の条項がある場合がある。それからすると、私は相当な契約違反をしていると、少しだけ反省するのである。

ネタはどこから?

これまで、単行本の文庫版と文庫本の新装版を除き、百四十冊以上の本を書いてきた。よく書き続けられたものだとしみじみ思う。当たり前だが、書くテーマがないと原稿は書けない。若い頃は書きたいネタがたくさんあったので、いくら依頼を受けても問題はなかったが、永遠にそれが湧き出てくるわけでもない。会社に勤めながら、二十五歳で最初の原稿料をいただく仕事をしたときには、ネタになる話が二十四年分あった。それを消費し続けていたのだから、ほぼ二十年の間に、ネタ切れしてくるのは当然だった。

友だちが、

「また本が出たわね。よくネタが尽きないなって、感心しているのよ」

というので、

「ストックしていたネタも残り少なくなってきたし、ぎりぎりで書いているわよ」

と話したら、彼女たちは真剣に、自分の周囲でエッセイのネタになるものはないかと思い出してくれたりした。そして何とかその後も書き続けられ、今も別の友だちからも、同じことをいわれている。ひとつ世に出したということは、ひとつ無くなったというわけだから、補塡してあげなくてはという心遣いらしい。

「面白かったから話そうと思ったけど、一晩寝て考えたら、あまり面白くなかった」

と申し訳なさそうにいってくれたりして、こちらのほうこそ、そんなに心配していただいて申し訳なかった。しかし私から、

「何かネタになる話はありませんか」

と聞いたことは一度もない。エッセイは他人から聞いた話であっても、現実にあった出来事でないと書けないし、自分が遭遇した事柄でないと、書く興味がわかない場合が多い。ただこれは面白いと思ったものは、聞いた話と明記して書いたことは何度もある。

その逆に、小説にはすべてモデルがいると勘違いしている人がいるのには驚かされた。本を読んでくれた人が、

「あの小説のモデルは誰ですか」

と聞いてきたので、

「創作した架空の人物ですよ」

と返事をしたら、

「現実にいない人のことを書けるのですか」

といわれて、双方でびっくりしたこともあった。

本の雑誌社に勤めていたとき、編集長の椎名さんが、社長の目黒さんを主人公に、「もだ

え苦しむ活字中毒者地獄の味噌蔵」という本を書いた。活字中毒で本を読まないと禁断症状が出る目黒さんを、罠にはめて味噌蔵に閉じ込めるという話である。目黒さんが営業担当だったため、出版後、書店を廻っていると、書店員さんに憐れみの表情で、

「目黒くん、大変だったね」

と労《いたわ》られたと、会社に戻って苦笑しながら話してくれた。私たちからすれば、そんな話が実際にあるわけないじゃないか、なのだが、なぜか読者のなかにはそれを事実と勘違いして、本当に彼が味噌蔵に閉じ込められたと信じた人もいたのだ。そのとき私は会社員だったが、作家に対する世の中の人のイメージって、どういうものなのだろうと思った。

先日、私の人生には必要がないと信じて疑わなかった、スマートフォンを購入した顚末と、その後を書いたエッセイを出した。出版後に受けた取材の質問のなかに、スマホが先か、企画が先かというニュアンスのものがあった。ネタ作りのために、スマホを購入したのか否かというわけである。取材のはじめに、潤沢にネタがあるわけではないと話したので、それで聞かれたのだろう。

スマホを買ったのは、超高齢の飼いネコのためだった。とても元気なネコだったので、日常的に動物病院へ通院をする必要はなかったが、たまに爪切りなどでお世話になっていた。ところが以前は固定電話からタクシーが呼べたのに、ある時期からそれが簡単にはいかなくなった。私がとても困っていると話したら、周囲の人から、

「今はスマホのほうが、簡単にタクシーを呼べるんですよ」

と教えてもらい、これから先、ネコがもっと老いたときに、スムーズにタクシーが呼べないとなると命に関わるので、私のためというよりも、ネコのためにやむをえずスマホを購入したのだった。その後、テーマは決まっていなかったが連載の依頼があり、ガラケーすら持った経験がなく、はじめてのスマホにあたふたしていたこともあり、スマホについてなら、書けるのではないかと返事をして、連載がはじまった。

私がネコを飼いはじめたのも、当時、住んでいたマンションの敷地内に迷い込んできた子ネコを保護したからだった。実家にいるときは家族で外ネコをお世話したりはしていたが、ひとり暮しをはじめたときに、動物を飼うのは自分には荷が重いと感じていて、外ネコと挨拶をするくらいにとどめていた。

その日はゴールデンウィーク中で、七世帯だけのこぢんまりしたマンションの住人は、みな外出していたらしく静かで、私だけがいたようだった。前夜から切羽詰まった子ネコの鳴き声が聞こえていたので、夜に何度か敷地内を懐中電灯を持って探しに行ったものの、近づくと鳴くのをやめてしまうので、発見できなかった。

翌日になるとより大きな鳴き声が聞こえてきた。ドアを開けて下を見ると、隣家との境の塀の上に白と黒の小さな子ネコがいて、うつむいて大声で鳴いていた。急いで階下に降りていったが、塀の上まで私の背が届かないため、たまたま近くにあった、植木剪定用の脚立を持ってきてよじ登り、手を伸ばしてみたものの、塀をつたって姿を消してしまった。

その直後に雨が降ってきて、何としてもこれは捕まえなくてはと、子ネコがいる場所に戻り、脚立に乗って手を伸ばすと、塀の向こう側からも手が見えた。隣家の奥さんも、保護しようとしてくれていたのである。そして二人で塀をはさんで手を伸ばしていたところ、子ネコは私の手の中に入ってきたのだった。

ゴールデンウィークに、私も出かけていたら、子ネコの存在など知るよしもなかったし、塀の両側で手を伸ばしていたときに、奥さんのほうに行っていたら、私はその子ネコと同居することはなかった。当初は私の実家で飼うことになっていたのが、渡す直前に弟から断りの連絡がきた。それで隣室の飼いネコ、ビーちゃんの後に続くようにと、「しい」と名付けたその子と、二十二年七か月の間、一緒に暮らすことになったのだった。この子をネタにして何冊か本が書けた。そのたびに、

「しいちゃんのおかげで、また本ができましたよ。ありがとう」

と本を見せて報告すると、本人は特に何の感慨もないようで、ふんっと鼻息を出しただけだった。しかし、しいをモデルにした本を出すたびに、大好物の極力たれを取り除いた鰻の蒲焼きをあげると、大喜びで食べていた。

三味線のお師匠さんの人生を書かせてもらったのは、前に書いたとおりだが、お稽古には必ず着物を着て通っていたので、編集者がそれに興味を持ってくれて、着物の本も出してもらった。それを見た他社の編集者からも日常の着物生活を本にしたいと依頼を受けた。これらは私のネタ帳にはなかったテーマで、編集者が企画して声をかけてくれて本が出来、そこから次々に派生していった。

その後、友だちから、フィンランドで食堂を作るというテーマで映画を作りたいので、原作を書いて欲しいといわれ、それが「かもめ食堂」になった。観客動員数が多い映画とは、違ったタイプの内容で、当時、私自身は一週間くらい上映されればいいと思っていたのが、予想に反して多くの人に観ていただき、私の名前も知っていただけるようになった。映画を観た人が、インターネットで私について調べたら、結構、本を出していたので、びっくりしたと何かに書いてあったのを読んだ。そんなものだろうと納得した。

かもめ食堂が上映されてから二、三年間、私の執筆活動は停滞していた。書き下ろしはしていたし、文庫化の印税は入ってきていたけれど、連載がなくなり毎月の定収入がなくなってしまった。がくっと収入が落ちたのに、まだ実家の住宅ローンは払い終わっていなかった。かもめ食堂のギャラは成功報酬方式だったので、興行収入があるたびに断続的に報酬が支払われ、そのおかげで生活ができていた。そろそろ危なくなると気を揉んでいると、振り込みのお知らせが届く。困ったと思うと必ずどこかから救いの手が伸びてきた。

編集者から依頼がないと、物書きは仕事ができない。書きはじめて間もなくの頃、依頼をしていないのに、作家が勝手に原稿を書いて持ってきた話を、編集者から、「困った話」として何度も聞いた。自分が仕事を続けたとしても、そういう物書きにはなりたくないなと思ったものだった。

再び連載の仕事をいただけるようになったが、ネタをどうしようかと考えるのは、いつものことになっていた。二〇〇八年の六月に母が倒れ、幸い手術をすることなく済んだものの、彼女の状況が一段落した十一月に、今度は私の体調が悪くなった。ふだんの生活、仕事にも支障はないのだが、めまいがするようになり、毎日、不快な症状が続くようになった。私は基本的に対症療法の西洋医学よりも、体全体を診る東洋医学のほうが信頼できるような気がしていたし、興味があったので、友だちが通っていた漢方薬局を紹介してもらった。

重い病気だったら、今後の仕事について編集者とも相談しなくてはと考えていたら、先生の見立ては「甘い物の食べ過ぎで体に水が滞っている」だった。「病気ではないし治るので大丈夫」といわれてほっとした。もともと体は丈夫なほうではないと自覚していたので、無理はしないようにしていたが、自分の仕事以外に、絶対にやらなければならない、あれやこれやが重なってストレスになり、甘い物をたくさん食べていたのは事実だった。

八月の真夏の時期がいちばん大変で、たまたま買った、和風白くま抹茶ソース入りにはまり、毎日買っていた。ひどいときには一日四個食べていた。また和菓子も、一箱六個入りのものを、一回に全部食べたり、今からは想像できない分量を平気で口にしていた。冷静に考えると、これで体の具合が悪くならないほうがおかしかった。頭も感覚も少し変になっていたのだろう。

フリーランスは体が資本なのに、体の調子を悪くするという最悪の状況ではあったが、この体験を元に本が書けた。また予想もしないネタが出てきたのである。このとき物書きというものは、本当にいいことも悪いことも、何でもネタにできる、恵まれた職業だなと思った。ただし自分の恥ずかしい部分を知られても、平気なタイプに限るけれど。

本を一冊書くためには、編集者の存在はとても大きい。現在は私から提案するけれど、編集者が企画してくれたものの中から、自分ができそうなものを書くことも多くなった。自分だけの思いつきで書き続けるなんて、とてもじゃないけどできない。

どうしようかと困ったとたんに、散歩の途中で天からネタが降ってきたり、期せずして向こうからやってきたり。私は特別、文才があるわけではないと自覚しているし、霊験あらたかな神社仏閣のどこにもお参りしていないのに、様々な面で運だけは持っているのは、ありがたいことだと感謝している。

私であって私じゃない

　エッセイを書くときのネタは、散歩しているときやぼーっとしているとき、テレビを観ているときに、その状況とはまったく関係なくぽっと浮かんでくる。エッセイは実体験が主になっているので、これまで見聞きしたこと、体験したことが、記憶として入っている脳内の引き出しから、ぽんと出てくるといった感じである。

　私は物を書く仕事をしてはいるが、それは会社員や商店の人が仕事をするのと同じで、毎日、営業時間というか、仕事の時間を決めている。その時間以外は普通のおばちゃんだと思っている。昔は老女、おばあさん、というと還暦過ぎからだったらしいが、現代では一般的に、古稀を迎えると世間的にもおばあさんらしい。私は早くおばあさんになりたいので、どっちでもいいのだが、同世代や孫がいない方々が、不愉快に感じるとよろしくないので、いちおう気を遣ったのである。

　会社勤めをやめて、物書き専業になった直後は夜型だった。というより夜しか原稿を書く時間がとれなかったので、その習慣が続いていた。しかし歳を重ねるにつれて昼型になり、朝は季節によって変動するが、五時から七時の間に起きて、家の雑事を終えた後、午前十時の開店時間になると、やる気があろうがなかろうが、とりあえずパソコンの前に座る。そしてメールのチェックをし、ネットニュースを見たり、動物関係のインスタやツイッターを見たりしている間に、「群ようこ」が降りてくるのを待っている。「群ようこ」という私であって私でない人間が、どこかから降りてこないと、原稿を書くための指は動かない。四十代まではいつ机の前に座っても、すぐに来てくれて、一晩で三十枚の小説を書き上げられたが、最近は向こうも老いてきたらしく、来るのに時間がかかるようになった。

年に何回かは、来ると思ったのに来なかったりする。そんなときは天気がよければ散歩に出るし、外出する気分にならないときは、書類の整理、部屋の片づけなどをする。他にすることがなくなり、風呂掃除や鍋磨きをしていると、突然、やって来るのは不思議である。そうなったらあわててパソコンの前に移動するのだ。

以前、同業者に聞いたところ、「ガソリンを入れないと車が動かないから、アルコールを摂取しないと書けない」という人もいたし、仕事前に濃いコーヒーを必ず二杯飲む人、何でもいいから文字を書いてみる人、本棚から本を取り出して、数ページだけ読む人、DVDなどを観る人などもいた。その人によって書く態勢になるきっかけはまちまちだが、ゾーンに入るタイミングを待っているのだろう。

エッセイの場合は、頭の中に残っている実体験を引き出し、小説の場合は頭に浮かんできた事柄を膨らませる。プロットを作らないのは前にも書いたが、ある程度、話の書き出しが決まると、あとはキーボードの上に指を載せたとたんに、指が勝手に動いて原稿を書きはじめる。「群ようこ」が降りてくるのに時間がかかっても、いったんやってくると、書くスピードは昔と変わらない。書いては止まり書いては止まりではなく、とにかく勢いに任せて書く。頭から文章が次々に流れ出てきて、指の動きがそれに間に合わない。それはふだんの私からは想像もできない勢いなので、もともとの能力ではなく、「群ようこ」という存在がそうさせると思っている。ただ集中力が持続できなくなったので、書き続けられる時間は短くなり、書き上げるのに日数はかかるようになった。

小説の場合も、書きはじめると登場人物が勝手に動いてくれるので、途中で「これからどう行動させようか」とか「今後の展開はどうしようか」と悩むことはほとんどない。それよりも指定の枚数プラス何枚かを、だだーっと書いて、後から修正するほうが多い。エッセイの場合はそうはいかないので、小説よりはややスピードダウンはするが、少しずつ考えながらキーボードを打たないのは同じである。

現在、年に四回ほどのローテーションで、六百字ほどの短い書評の仕事をしているのだけれど、その原稿を書くたびに、

「文章量が少ない原稿は難しい」

とつくづく感じる。これは私だけで、他の物書きの方々は違うかもしれない。たとえば俳句は、世界でいちばん短い詩といわれているらしいが、季語を使う制約もあるし、俳句関係

のテレビ番組を観ていても、本当に難しいジャンルだとうなるばかりだ。

若い頃、離れを借りていた家の大家さんが結社に属して俳句を嗜んでおられ、私が小さな出版社に勤めていたために、

「ご一緒にいかがですか」

と誘われた。しかし私は俳句を鑑賞するのは好きだけれども、とても作句はできないとわかっていたので、丁重にお断りした。それは物書きになった今でも同じである。あそこまで字数を削ぎ落とし、自分の世界を創り出すのは本当に難しい。

先日も年に四回の書評のための本を読んでいた。書評用の本は興味があるものを購入するわけだが、候補を一冊だけにすると、読んでみると予想と違って書きたい内容ではなかったりする場合も多い。掲載誌には、エロ・グロ、政治、性差別を感じるもの、漫画などはNG、そして入手しやすいものを選んで欲しいとの制約がある。準備していても、前月分の掲載誌が届いて目を通すと、書こうとしていた本について、他の方が書評を書いておられ、ボツにせざるをえなかった偶然が、何回かあった。最低でも二冊はストックしておく必要があるのだ。

ふだん仕事とは関係ない本を読んでいるときは、ただページをめくって読んでいくだけだが、書評用の本の場合は、後で書くときの目印として、心にひっかかる文章があったページに付箋を貼ったり栞を挟んだりする。私は書評の仕事をこれまでもしているが、今回、読むことと並行して、頭のなかで書評用の文章を作っているのがわかった。そのまますぐに使え

るような、冒頭からきちんと書かれている文章ではなく、断片的なものだが、書評の元になる文章が、読むのと並行して頭に次々に浮かんでくるのに驚いた。

四十年近く書いてきて、そんなふうに頭が働いていると気がついたのははじめてだった。これまで書評の仕事をするときは、本を読みながら目印をつけた後は、読後の感想と伝えたいポイントをメモに書き出して、それを元に原稿を書いていた。いまひとつ考えがまとまらないときは、もう一度読んだ。

それがメモを取ることもなく、文章が次々に頭に浮かんできたので、いったいこれは何だと不思議な気持ちになった。それによって読書のほうがおろそかになっているわけでもなく、本の内容は理解しつつ、文章が組み立てられていく。私の頭はどうにかなったのかと首を傾げるしかなかった。

前期高齢者になって三年ほど経って、脳のしくみが少し変化してきたのだろうか。仕事に役立つなど、いい方向に向かっているのならいいが、これが勝手に暴走して妄想や幻覚につながったら困る。その暴走もまた仕事に活かせるのなら、

「意外に面白いかも」

と楽しみにもなるのだが、だいたいそうはならず、ただの症状で終わってしまいそうだった。頭に浮かんできた文章も、冒頭からではなく、途中からというところが、私が力不足なのもよくわかった。

書評用候補のうちの一冊を読んでいたらそういった感覚になったので、他の本も同じなの

かと読みはじめたら、一冊目の本ほどではなかったが、読んでいるうちに、書くのに必要な部分の文章を拾い上げ、同じように並行して文章が頭に浮かんできた。読みながら心にひっかかった箇所に印をつけた部分を、またあらためて脳内で確認し、それらをつなげて文章化していた。しかしこの本の場合は、三、四行分程度しかなかった。面白かったけれど、次の締め切りのときに、また同じような現象が起こるかどうかはわからない。

一冊目の本は、著者の親子関係について書かれたもので、内容に一連の流れがあったが、二冊目は同一のテーマに従って、二十人以上の筆者が書いたものを集めた本だったので、内容の違いによるものもあったかもしれない。ところが実際に渡すための原稿として書いたのは、読みながら頭に文章がスムーズに浮かんだほうの本ではなかった。

一冊目の本について書きはじめると、すぐに字数は埋まり、今までにないくらいスムーズに原稿が書けた。しかし読み返してみると、いまひとつぴんとこない。もう一度、本を読んでみたが、このときには脳内に何の文章も浮かんでこなかった。本はとても面白かったけれども、自分が納得できるような原稿は、書けそうもなかった。一方、二冊目のほうは、頭に浮かんできた文章量は少なかったけれども、こちらのほうが自分でも内容に納得できたので、先方に送った。

原稿は最初から絶対に六百字に収まらない。だーっと指の勢いのまま書いていくと、だいたい一・五倍から二倍近くの字数になるので、それを削っていく。一発で完成といかないところが大問題なのだが。昔、同業者が、

「短いエッセイなんて、横を向いていても書ける」

といっていたのを聞いて、

「へえ、すごいねえ」

と感心したが、それから何十年経っても、私はそんなふうには書けない。枚数の多い小説よりも、短ければ短い原稿ほど手こずる。編集部から指定された六百字になるまで、最低四、五回はプリントアウトして推敲する。そして字数が指定通りになってやっと原稿を送信するのだ。

編集者に送って、到着の連絡をもらいゲラのチェックもすべて終わって、はじめてほっとしたのだけれど、ふと考えたのは、

「結局、あの読書をしながら、頭に次々に浮かんできた文章は何だったのか」

である。自分では、

「頭のなかに、なぜかわからないけど、次から次へと文章が浮かんでくる！」

と喜んでいたのに、結果は自分的にボツ。ボツになる可能性がある文章は、いくらたくさん湧いてきても意味がない。何だか無駄に脳を使ったような気がしてきた。

ただでさえ、これから歳を重ねて老化することを考えると、脳の力をなるべく保持しなくてはならないのに、無駄に働かせて消耗させるのは避けたい。といっても読んだ本二冊は面白かったので、読書体験としてはとてもよかった。しかし仕事には必ず締め切りがあり、なるべく最小限の労力で、最大限の効果を上げようとする私の姑息な根性が、何となく損をし

たという気持ちにさせるわけなのだ。

営業時間中は、その中に昼食の時間も含まれるし、ずーっとぶっ通しで書き続けているわけではない。三十分間キーボードを打ち続けると、トイレに行ったり郵便物の整理をしたりと、他のことを十分ほどやって再び仕事に戻る。そのときはまだ「群ようこ」はいる。それを何度か繰り返して、夕方四時から五時の間で営業時間を終了する。自分がやめようと思わなくても指が止まり、「群ようこ」が、

「そろそろ帰ります」

というので、こちらは、

「どうぞお帰りください」

と送り出すだけである。仕事をするときには「群ようこ」が必要だが、仕事をしていないときは必要ではない。逆にふだんの生活で、彼女がからんでくるのは、とても面倒くさい。必要なときに、すぐに来てくれればいいのだ。これから先、いつまで「群ようこ」が来てくれるかはわからないが、自分のペースを守りつつ、無理をせずに書いていきたい。

電車の中で

私は電車に乗るたびに、座っている人が見ている本（新聞、雑誌含む）とスマホの数を数えている。運動も兼ねて、座席が空いていたとしても、三十分以上かかる場合以外は座らないことにしているので、乗車すると立ったまま車内を見渡している。といっても必ず乗るのは週一回で、平日の早い午後だし、それ以外に打ち合わせがあっても昼間なので、混雑している時間帯とは、様子が違うかもしれない。この結果がすべてとはいえないのだけれど、今日は何人、車内で本を読んでいる人を見るのだろうかと、それが楽しみなのだ。本とスマホとどちらが好きかといわれたら、私は間違いなく本を選ぶけれど、電車を含めて乗り物の中で本を読む習慣はない。自分の家でないと本が読めないのだ。

これまで日中のほぼ同じ時間帯に、いくつかの路線に乗ったけれど、あまりに路線距離が長い電車だと、意外に読書率が少なく、寝ている人のほうが多い。乗車時間が長いので、睡眠を優先しているのだろう。あまりに短い路線にも読書派はいない。本を開いてもすぐ駅に着いてしまうので、ゆっくり読めないということなのか。始発から終点までの乗車時間が、四十分から一時間くらいのほどほどの距離の路線だと、読書率が高かった。といっても、車内でスマホを見ている人も、家に帰ったら本を読む可能性もあるわけで、その人たちが読書をしないという話ではない。

私がスマホを持ちはじめた三年前は、車内のほとんどの人がスマホを見ていた。車内を見渡しても、読書派は皆無だった。若い人はもちろん、私と同年配の人たちも、スマホの画面を眺めていた。二十年ほど前、七人掛けの座席に座っている人のうち三人が、『世界の中心で、愛をさけぶ』を読んでいるのを見て、びっくりしたこともあったなあと、懐かしく思い出す。

車内スマホの人たちが何を見ているのかはわからないし、のぞき込むのも失礼なので、ただスマホを見ているとしかわからなかった。立っている私の周囲にやってきた人たちの、たまたま見えてしまった画面を思い出してみると、若い人は漫画、アニメの動画、シューティングゲーム、LINEのやりとりをしていた。私と同年配の人たちは、ニュース、画面が激しく移動しない数独、麻雀といったゲーム、検索をしている人が多かった。しかし最近は、老若男女関係なく、本を読んでいる人の割合がじわっと増えてきたのである。

本は、単行本、文庫本、新書と様々なのだが、カバーがかかっていることも多いので、どんな内容の本かはわからない。ただ、私が利用する時間帯が関係しているのかもしれないが、かつて必ずいた、新聞を読んでいる人はほとんどおらず、週刊誌、雑誌に関しても、以前はよく見かけた、若い男性が漫画週刊誌を読んでいるのすら見かけなくなった。それらを読む人は、スマホの画面で見ているのかもしれない。

いずれ紙の本は貴重なものになってしまい、出版物のほとんどが電子書籍になる可能性がある。そうなったらスマホか紙の本かという比べ方はできなくなる。そのときまで私の仕事があるか、それどころか寿命があるかはわからないけれど、私ができなくなるまでは、電車に乗ったら、ささやかなこの調査を続けたいと思っている。

私の仕事は読んでくれる人がいないと、成り立たない。食事をしないと生きていけないが、読書をしなくても人は十分に生きていける。人間の切羽詰まった部分ではなく、時間的精神的余裕の部分で、仕事をさせていただいているわけなのだ。

現在、私の仕事の内容は、連載半分、書き下ろし半分といった割合になっている。連載はもちろん、毎月決まった日にちまでに、編集者に原稿を渡さなくてはならないが、書き下ろしの場合は、最終的な締め切りまでに、一冊分の分量、四百字詰め原稿用紙で、だいたい二百四十枚前後を渡せばいいので、ちょっとだけ気が楽なのだ。

しかしその気分の楽さが、私にとって大きな落とし穴なのである。つまり締め切りが目の前にないと原稿を書かない。前にも書いたけれど、私は原稿を書き上げた後、それをしばらく置いておいて、二、三日後に推敲をはじめるので、締め切りの十日くらい前から書きはじめ、編集者のいう締め切り日（この日までに渡さないと、原稿が落ちるデッドラインではない）よりも、前に渡すようにしている。そのためには早めに準備をする必要があるのだ。毎月の締め切りがある連載に関しては、結構、まじめにやっているので、締め切りに関しては、編集者に迷惑をかけていないと思う。

一方、書き下ろしに関しては、まったくその反対で、いつもだらけている。ずるずると原稿を先延ばしにしてしまう。毎年、書き下ろしをしている版元の編集者は、そのあたりはきっちりとしているので、

「この日までにもらえないと、とても困りますので、よろしくお願いします」

とデッドラインを告げられる場合が多い。しかしたまにデッドラインをいわれないときもある。持ち歩くスケジュール帳には、毎月、書き下ろしについて、私が自主的に設定した、編集者に渡す日にちが記入してあり、机の脇に置いてある大きな書き込み式カレンダーにも、締め切り日を書いている。もちろん連載の締め切りも書いてある。それを確認しながら、絶対にその日に渡さなくてはならない、連載の原稿を書きあげて送信する。

それでほっとひと息つく。次に自主的な締め切り日に従って、書き下ろしの原稿を書かなくてはならない。もちろんどれも大事な仕事なので、パソコンの前に座り、

（書こうかな）

と思うものの、

（まあ、いいか。はっきりと締め切りをいわれてないし）

と他のことをやってしまう。だいたい、最近復活した編み物をするか、長襦袢にせっせと半衿をつけるかといった、手仕事が多い。そして仕事を終える時間になると、「さて、今日もやるべきことはやった」とやめて、晩御飯を作る準備にとりかかる。やった気になっては

いるが、捗ったのは手仕事だけで、肝心な仕事は捗っていない。しかし私としては何かしらに集中したことで、やった気になっているのだ。

だんだん仕事よりもそちらが主になる場合も多く、そうなるといくらデッドラインはいわれていないとはいえ、必ずどこかにぎりぎりの日はあるので、お尻に火がつくのは当然なのだ。いちばん困るのは、締め切りをはっきりいわれていなかったので、高を括っていたら、突然、

「先日会議があり、来年の一月に出版させていただくことになりました」

といわれたときだった。五年前のことだったが、「どひゃーっ」と思わず口から出てしまったほどだった。

編集者としては、書き下ろしの話はずいぶん前からしてあるので、原稿は手元に届かないまでも、私を信用してくれて、まじめに書きためていると思っていたのだろうが、実はその時点で一枚も原稿を書いていなかった。私の頭の中で書くネタは揃っていて、楽に書けるだろうと考えていたのだが、発売までに半年しかなく、どう考えてもこの三か月の間に原稿を書かなければ間に合わなくなった。

それからは連載の原稿をまず書き上げ、残りの日はすべてその書き下ろしの原稿を書いていた。泣く思いで書いていた。一からネタを考えるよりはまだ楽だったけれども、それでも毎月の決まった枚数と、プラス八十枚書くというのは、結構大変だった。しかしこれは私が怠けた故の結果であり、誰も責められない。版元には版元の都合もあるのだ。

幸いにも、毎日「群ようこ」は降りてきてくれたので、それに関しての悩みはなかったが、単純にキーボードを叩く時間が長くなり、疲れが蓄積する。当時は飼いネコがまだ元気で、その子が昼寝から起きると、仕事をしている私の顔を見上げて、「あー?」と鳴いて首を傾げていた。私が必死の形相をしていたらしく、「あんた、どうしたの?」と不思議に思ったのかもしれない。キーボードを打ち続けながら、

「あのね、おかあちゃんがお仕事をさぼったからね、大変なことになったんだよ。たくさん書かないと間に合わなくなっちゃった」

というと、それを聞いたネコは、うあーっと大きなあくびをした後、首筋を掻き、「ふんっ」と鼻息をひとつ噴いた後、私のほうを見ることもなく、自分のベッドに戻ってまた寝てしまった。

うちのネコは私よりも家庭内上位にいたので、「何やってんだろう、この人」と呆れたのだろう。編集者には「さぼっていました」ともいえず、相変わらず書き続けていますよというふりをしつつ、飼いネコにばかにされながら、何とか三か月で一冊分を書き上げた。

編集者にすべての原稿を送った後、心からほっとしたのと同時に、「人間、まじめにこつこつとやらなくてはいけない」と反省した。しかし反省が続いたのはそれから半年間くらいで、新たな書き下ろしに対して、再び「書かなければ」「書かなくちゃなあ」「まだ明日があるからいいか」と楽なほうに流れ、そして手仕事に集中して、お尻に火がついて慌てるのだった。

しかしその手仕事をしているときに、頭の引き出しに入っていた、様々な事柄がふっと出てくるのは、いつも不思議に感じている。外を歩いているときに起こるのは、足を動かすことによって、体全体の動きがよくなり、それによって脳が刺激されるのではないかと推測できるのだが、ほぼパソコンの前にいるのと同じように、家の中にいて椅子に座り、手を動かしていても頭にあれこれ浮かんでくるのは、どういうしくみなのかわからない。

手を使うと頭が活性化するとはよくいわれるけれども、それならば言葉にならなくても、適当にキーボードを叩いている間は、延々と頭が活性化してくれているはずなのに、私の場合は「群ようこ」が降りてきてくれないと、何も書けない。試しに適当にキーを打つのを続けてみても、特に頭が活性化したとは思えなかったし、もちろん「群ようこ」は降りてきてはくれなかった。

手仕事に集中しているときは、編み物であれば目数の増減や、模様編みを間違えないように。半衿つけのときは、きれいにつけるためのポイントになる部分があるので、そこを細かく縫い、皺が寄らないように気をつける必要がある。書くこととはまったく違うのだけれど、それらに気をつけながら作業をしていると、ふっと浮かんでくるのはなぜなのだろう。前にも書いたように、脳の働きを研究している方だったらわかるのかもしれないが、私にはただ漠然と、不思議な現象としかとらえられない。

ともかく何であれ、私は依頼された原稿を締め切り日までに書き上げ、編集者が面白いと思う内容にしなくてはならない。そこは私がＯＫと思っても、相手がそう思わなければ成り立たないので、原稿をメールで送信した後は、どきどきしながら編集者からの返事を待つ。「どうだ、面白いだろう」と自信満々で原稿を渡したことなど一度もない。仕事をはじめたときから、内容に関しては、私の能力の限界もあるが、過程はどうあれ、締め切りだけは守ろうと考えてきた。それは四十年経った今も同じである。

電車内で本を読んでいる人が多くなったという件だが、私が乗った電車とは異なる路線で通勤している編集者も、同じことをいっていた。ほんの少しずつではあるが、読書派が増えてきたようで喜ばしい。自分が書いた本ではなくても、本を読んでいる人を見るのはうれしいので、そういう光景を目の当たりにすると、こんな私でも仕事をがんばろうという気になるのだ。

男女差

物を書く仕事には、特に男女差はない。イラストなどのジャンルでも同じだろう。しかし私が原稿を書きはじめた四十年以上前は、編集者の女性はとても少なかった。最初に原稿を依頼してくれた雑誌は、母体がファッション系の出版社だった。声をかけてくれたのも女性で、編集部は女性がほとんどだったのだけれど、それは珍しかったのである。

大手の出版社でも女性編集者の数が少ないので、

「〇〇出版社の〇〇さん」

と女性の名前を出すと、

「ああ、あの人ね」

とほとんどの編集者が知っているような状態だった。私が会社をやめて物書き専業になった頃に担当してくださった方々を思い出してみると、男性もいたけれど、各社の数少ない女性編集者が担当してくれていた。会社側が若い女性の書き手には女性の担当者をと考えたのかもしれないし、彼女たちが私と仕事をしたいと、会社に申し出てくれたのかもしれない。

一九八六年の男女雇用機会均等法の施行前で、四年制大学卒の女子学生にはほとんど出版社の門戸が開かれていなかったのは、以前にも書いた。なかには新卒の女子を採用するけれど、それは短大卒のみというところもあった。仕事も編集業務ではなく事務職、それも補助的な仕事だった。いわゆる昭和の、お茶汲み、コピー取りである。そういった会社の人から話を聞いたところによると、彼自身は社の方針には反対していたと前置きして、

「男性社員の配偶者候補を入社させるために、試験をやっているようなものなんですよ。本人の仕事の能力よりも、外見も性格も良さそうな女性を選ぶんです。そんなことじゃ、いけないんですけどね。上のほうの頭が固くて」

といっていた。私が、

「ひどいですね。就職先として出版社に入りたいと思っている女子学生は、最初から会社で伴侶を見つけようなんて思っていないんじゃないですか。社内恋愛は自由ですけれど、男性たちが最初からそんな意識でいたらだめですよね」

と憤慨すると、彼は、

「ちなみに私の家内は同期入社です」

と小声で付け加えた。私は、

「ああ、そうですか……」

としかいえなかった。同じ会社でお互いに気に入って結婚するのは、何の問題もないけれど、まず女性社員を入社させる基準が不純だし、そのようなカップルが増えると、会社側は

この方針がうまくいっていると喜ぶはずなので、私は複雑な気持ちになったのだった。

私の担当をしてくれた女性編集者のほとんどは、最初から編集業務に携わっていたわけではなかった。不本意ながらも与えられた仕事をしつつ、上司に自分の編集をしたいという熱意を訴え続けて、やっと編集の仕事ができるようになった人が多かった。自分でやりたいと強く要望しなければ、望む仕事は与えてもらえない。希望していない仕事でも投げやりになるのではなく、きちんとこなしていたからこそ、会社のほうも彼女たちの意欲を認めたのだ。

しかし彼女たちの同僚の男性のなかには、女性社員が自分たちの仕事の領域に入りこんできたことを、快く思っていない人たちもいた。私自身は彼女たちと滞りなく仕事をしていたが、用事があって、出版社に出向いたら、顔は知っている男性編集者が走り寄ってきた。そして事務職から私の担当になった女性の名前をいい、

「ちゃんと仕事をやっていますか？　ミスをしていないか心配なんですけど」

などといってきた。彼は彼女の上司でも何でもない、同僚である。

（ちゃんとやってるに決まってるだろっ）

といいたくなるのをぐっとこらえ、

「ええ、ちゃんとやってくれていますよ」

と返事をすると、

「ああ、まあ、それならいいんですけど」

とちょっと落胆した様子で去って行った。

また別の会社では、女性の担当編集者に対して、上司である男性が、

「あの人はろくな仕事をしてないから」

といったこともあった。その「ろくな仕事をしていない人の相手が、私ですけど」と、いいたくなったが、そのときは、

「はあ？」

と精一杯、嫌みったらしくいい返した。すると、

「いや、群さんはいいんです」

などという。いったい何がいいんだと呆れながら、こういう上司や同僚たちがいる会社で働くのは、大変だと深く同情したのだった。

男女雇用機会均等法で、男性と同等に選考され、入社した女性たちからも、入社後、いちいち口を挟んでくる男性の先輩がいるという話を聞いた。心配してくれているのではなく、いつも言葉の裏に、

「あんたにこの仕事ができるのか？」

という侮蔑的なニュアンスが含まれていて、編集者として当然知っていることを、さも特別なアドバイスのように、ひけらかしてくる。

それを新入社員全員にするのならまだわかるが、男性にはせずに女性だけにする。そのたびに女性たちに無視されたり、蹴散らされたりするわけなのだが、そういう人はとても鈍感なので、自分の態度を反省せず、彼女たちが入社してから一年もの間、事あるごとに絡んで

きた。彼がマウントを取ろうとしている女性社員よりも、本人のほうがミスが多く、仕事ができるとはいい難い。編集者の仕事はセンスの問題であり、男女は関係ないのだ。

そして女性編集者の敵はそんな男性だけではなく、女性編集者である場合も多くなった。昔は補佐的な仕事をする人以外は、ほとんど編集部に女性がいなかったので、少数の女性相手に、マウントを取ってくるのは、同じ部署の男性ばかりだったが、職場に女性が増えるにつれて、同性からの嫌がらせもはじまった。こうなると性別というよりも、個人の性格によるものになってきたといえる。

私が原稿を書きはじめた頃だったが、ある場所で物を書いている男性たちが、当時、本が売れていた女性作家について、

「この女、編集者と寝て仕事をもらっているんだってな」

と話しているのを偶然聞いて、仰天したことがあった。世の中に名前を出して仕事をしている男性が、そんな下らない話をすることにびっくりしたのである。真偽はわからないけれども、彼女のほうが彼らよりも本が売れているからといって、そんなことを話題にするのはどうなの？　と呆れてしまった。

私の推測では、彼女を嫉んだ誰かが、そういった話を捏造して、噂話として他の人に話したことが回り回って、それが彼らの耳に届いたということだろう。伝言ゲームみたいに伝わっているのなら、そのうち一人でも、真実であれ虚偽であれ、実名を出したこんな下らない話は人にいうべきではないと、口を噤む人はいなかったのだろうかと、私よりも年上の彼ら

が、とても情けなかった。

編集者と作家が恋愛関係になるのは問題がない。しかし性格の悪い人間は、やっかみ半分で邪推したり、捏造したりする。女性編集者と男性作家の場合より、その逆のほうがよりリアルな噂になる。このような問題は、これから先もずっと続いていく話なのだろう。人の気持ちは昔も今もさほど変わらないのだ。

私がこれまで生きてきて、わかったのは、男性は女性が自分と同等か、それ以上になる状況に、とても敏感になる。わかりやすい例でいえば、収入や地位に関してである。つい最近の話だが、人事異動があったときに、女性が役付きになった。するとある男性が、

「どうして同期の女が、自分の上司になるんだ」

と怒っていたという。

「それはあなたよりも彼女のほうが適任だと、会社が判断したからじゃないですか」

といいたいが、彼はそれが許せなかったらしい。正直、私にはそういう男性の気持ちはわからない。賞賛する必要はないが、なぜ普通に受け止められないのだろうか。男性が上司になるのではなく、女性がなったということで、余計に怒りが倍増したのだろうか。

私自身は本が売れていることで、それまで普通に会話を交わしていた複数の男性から無視されたり嫌みをいわれたりした経験がある。別にそういう人は、「そういう人なのだ」とこちらも無視すればいいだけの話である。また編集部に女性が入ってきたときのように、自分のテリトリーを女性に侵されるのも嫌うようだ。男性の書き手が多いジャンルで書こうとす

る女性は、大変だったに違いない。その逆に女性のテリトリーといわれる分野に、男性が入り込むのも難しそうだ。しかしそのなかに、少数かもしれないが、応援してくれる異性がいるのも間違いない。すべて性別など関係なく、みんな仲よくやっていけばいいのに、そうはいかないのが問題なのだ。

私の原稿は、椎名誠さんや目黒考二さんに書いてもらっているといわれたりしていたので、本人の与り知らないところで、何をいわれているかわからない。ろくでもないことをいいふらすのは、相手に対する嫉妬や、潰してやろうという魂胆があるのだろうけれど、いっているほうよりいわれている側のほうが、仕事の面での安定感があるのは事実なのである。

私が原稿を書きはじめたのは、既に随筆というジャンルはあったが、それよりも軽い感じのエッセイというジャンルが、確立された頃だった。本が出ると取材をしてくれる媒体が多く、その際に来てくださるのは、ほとんど年上の男性だった。お褒めいただくのはとてもありがたかったが、彼らの原稿に必ず書いてあるのが、私の本に対する「女性らしいしなやかな感性」という文章だった。それを目にするたびに、背中がちょっとぞっとなり、

「しなやかな感性って何だ?」

と首を傾げていた。辞書をひくと、しなやかは柔軟と同義語らしいので、「柔軟な感性」といわれたら、

「ああ、そうなんですかねえ」

とは思うが、この「しなやかな感性」という言葉が、私にはどうも気持ち悪くて居心地が

ラを見ながら、

悪かった。

しかし取材を受けたなかで、間違いなくこの言葉は十回以上書かれた。送ってもらったゲラを見ながら、

（でた、また、しなやかな感性）

とため息をつきつつ、そこにはチェックをせずに返送していた。「女性らしいしなやかな感性」と書くのは男性だけで、当時の記者やライターのなかで、女性の文章を評する場合、このフレーズがはやっていたのかもしれない。さすがにおばちゃんになった今は書かれることはなくなったし、すでに死語なのだろう。

取材に来てくださる女性は、私が三十歳になるまでは、みんな年上だった。彼女たちはもちろん「しなやかな感性」などという表現はしなかった。そのかわりに、自分はこれまでこういう人の取材をしたと、著名な方の名前を出した。それはいいのだが、そういう私が、あんたのところに来てやっているという態度の人もいて困惑したこともあった。妙に業界擦れしている人もいて、こういう人にはならないようにしようと肝に銘じた。

私はこれまで仕事の上で、同性にも異性にも助けられてきたし、その逆もあった。相手が誰であっても、いやなことをされたときには、それを反面教師とすれば、腹も立たないと思うようにしてきた。しかしいつの時代にも、どんな場所にも必ず存在している、底意地の悪い性格がよろしくない人たちは、本当にどうにかならないかとうんざりするのである。

書き続けるために

雑誌に物を書きはじめた一九八〇年代の頭頃だったと記憶しているが、取材を受けると必ずといっていいほど、

「〇〇についてどう思いますか」

とその当時に起こった社会現象について聞かれた。他の質問は忘れてしまったが、

「新人類についてどう思いますか」

と何回も聞かれたのは覚えている。「新人類」は私よりも少し年下で、いい意味でも悪い意味でも、新しい感覚を持っている若者をひと括りにした名称だった。本人たちが「新人類」と宣言したわけではなく、大人たちが勝手にひとまとめにしただけで、私にとっては面白かったり、感覚の違う若い人たちが出てきたという事実のみで、特に感想などなかった。いつの時代でも、新しく出てきた若い人たちに対して、大人たちはすぐにひと括りにして上から眺めて悦に入るものなのだ。

私は興味のある事柄については詳しく調べるけれども、世の中の動きすべてに関心がある

わけではない。そしてこの件に関していえば、

「特に何とも思わないのですが」

と返事をすると、

「えっ、そうなんですか」

と驚かれたりした。どうも話を聞いていると、「新人類」が登場してきて、自分の立場を奪われるような危機感はないのかというニュアンスだった。口には出さなかったけれど、

（はあ？）

としか思えなかった。私はやるべきことをやるだけである。だいたいポジションを奪われるとか奪われないとかいう感覚が、どうして出てくるのかまったく理解できなかった。そしてそういうことを聞いてくるのは、全員男性だったのが、私には新鮮だった。

自覚はなかったけれども、相手から聞かれて、自分はそういう人間だったのかと思うことはよくあった。たとえば新人で本を出したとなると、「誰を目標としているのか」とか「ライバルと思っているのは誰か」という質問も多く受けた。

「この人のように、すばらしい文章を書きたいものだ」

と憧れはするが、その人を目指しているわけではない。そのたびに正直に、

「目標としている人なんていません」「ライバルと思っている人もいません」

と答えると、相手はとても不満そうな顔になった。もし私が聞き手だったらと考えてみても、そんな質問はしないと思った。基本的に私には物書きとしての自負がない。物書きが特

別、よい仕事だとも、価値の高い仕事だとも思っていない。前にも何度も書いているが、運も能力のうちというのであれば、そうなのかもしれないけれど、運だけでここまで来てしまった。世の中のタイミングと合ってしまったのだろう。

本を買う人が少なくなっているのに、毎年、新しい作家がデビューする。これからは本の価格が高くなり、ごく一部の人に向けてのものになるだろうし、資源の観点からも、紙の本はなくなってしまう可能性が大である。今後、日本の景気がよくなっていくとはとても思えないし、給与が上がるのも見込めないと思う。電子書籍が主になったとしても、購入してくれる人がいないと、作家の生活は成り立たない。私も同じ立場だが、いつ仕事がなくなるかはわからない。自由業なのでそれは当たり前だが、そんな不安定さを受け入れられれば、物を書く仕事に就いてもいいかもしれないし、収入を得る仕事が他にあり、その傍らで物を書くのも十分ありだと思う。

日本語が書ければ、誰でも文章は書けるし、書くツールさえあれば、それだけで済む。学歴もいらない。わからない漢字や言葉もスマホが教えてくれる。思い立ったらすぐにはじめられる手軽さがあるし、ある程度の長さの文章を書くための、集中力と体力があれば、何とかなる。たしかに辛いこともあるけれど、自分が書く仕事を楽しめるかどうかが大きい。そして書いたものを、素人ではなく、何人かの編集者が見て、首を横に振ったら、残念ながら書く仕事は諦めた方がいいと思う。

ずいぶん前にある雑誌から連載の依頼を受けたとき、編集者が、

「すみません、こんな腐れ雑誌で」

といった。私としては、

（腐れ雑誌！　ラッキー）

だった。品行方正な雑誌で、文句をいったり下《しも》がかった話を書いたりするととても目立つけれど、雑誌自体が腐っていると、どんな原稿を書いても、中に埋もれて目立たなくなる。私は喜んで引き受けて、のびのび書かせてもらった。

あるとき麻雀をする仕事があった。卓を囲む他の三人は、面識のあるプロの方一人、掲載する雑誌の編集者の知人である、初対面の他社の編集者二人だった。麻雀が終わった後、卓を囲んだ編集者から、

「うちの雑誌でも、原稿を書いてもらえますか」

と聞かれた。名刺をもらったときに、彼らが編集しているのは、いわゆるエロ雑誌だとわかっていた。本の雑誌社にいたときに、様々な雑誌を見てきたので、ほとんどの雑誌の内容は、把握できていたのである。私にとってはまじめな雑誌よりも、そちらのほうが気楽だし、ただエッセイのページがどんな感じなのか知りたかったので、

「いいですよ。雑誌を送っていただけますか」

と返事をすると、彼らは一瞬、ぎょっとした顔になり、そのまま別れた。そしてその後、雑誌は届かず連絡もなかった。もしかしたらエロ雑誌を私に送るのをためらってくれたのかもしれないし、編集会議でボツになったのかもしれない。それにしてもちょっと残念だった。

原稿を書けば、それがまとまって自然に本になると思っている人もいるかもしれないが、世の中には何らかの媒体に掲載されたものの、本にならなかった原稿はたくさんある。単行本が出たとしても、文庫にはならない本もたくさんある。それは出版社の判断によるものなのだが、最近は気になることがいくつかあった。物事に対する意見は様々あるのが当然であり、常識的に考えて誹謗中傷でなければ、ひとつの意見として受け入れ、それに対して議論をするのが当然だろう。しかし揉め事に関わる面倒くささを怖れてか、出版社側が問題の起こりそうなものには蓋をするようになったと感じる件があった。一方的に、ある本の出版をとりやめたというのである。双方の意見を見聞きしたわけではなく、著者が書いている話を読んだだけだったが、読んでいてむかついてきた。「こんなことがあるわけないじゃないか」とはいえなかった。

私にはそんな実害はなかったが、若い頃、一部の年上の編集者と話していて、

(この人たち、どうして自分をこんなに偉いと思えるのだろうか)

と感じたことは多々あった。そういう人たちは、平気で裏切り行為をするし、その下で働いている編集者も、書き手のほうではなく彼ら側につく。そういう人たちとは関わらないようにするしかないのだ。その作家の本は他の出版社から発売されたのでよかったのだけれど、今の世の中でも、というか、今の世の中だからなのか、何事も起きないように自粛するようになってきたのが問題である。

つい先日も、成人になる若者に向けて、著名な作家が書いた原稿の掲載を拒否した通信社

があった。何十枚もある原稿でもないのに、二十か所もチェックが入ったという。著者と通信社側で話し合いがもたれたが、交渉は決裂して掲載されなかったとのことだった。読んでみたが、どこの部分がどう悪いのかまったく理解できなかった。原稿を依頼したのは私よりもずっと若い人なのだろうけれど、いったい何を考えているのかよくわからない。前に何度も書いたけれど、私も若い頃、自分の考えとは正反対の内容の原稿を依頼され、それはできないと突っぱねたら、

「ご意志を曲げていただいて」

と老舗の女性誌の編集者からいわれた。それは、四十年近くも前のことだ。今でもそんな出来事が起こるなんて、信じられない。過度な自粛や事なかれ主義が行われ続けると、物書きは何を信用していいのかわからなくなる。

文章は誰でも書けるし、書きたいのであれば、何でも書いたほうがいい。しかし書くことと同じくらい、もっと本を読んだり、映画、演劇を見たり、音楽を聴いたり、楽しみを持ったりすることが重要だ。それも誰かが紹介していたからというのではなく、自分で見つけて欲しい。時間もお金もかかるけれど、それをしないと自分の中には残らない。

ネタなんて、そんなの自分で考えろといいたくなるものの、少しはネタがないという人たちの役には立ちたい。私は引っ越しを機に、本を処分し続けていて、まだ処分の途中なのだけれど、現在残っているのは選別作業を乗り越えた本ばかりである。それを眺めながら、そういう人たちには、こういう本も役に立つかもしれないと思いついた。どれも厚い本で、私

自身もこれらの本をすべて読破しているわけではないが、時間があると目についたところから、興味深く面白く読み続けている。値段もそれなりにするのだけれど、書きたくてもネタがないというのであれば、図書館で借りて読んでみて欲しい。

『世界の悲惨Ⅰ～Ⅲ』（ピエール・ブルデュー編　各四八〇〇円 税別 藤原書店）は、フランスの社会学者、ブルデューによってまとめられた、社会分析を目的に、市井の人々に聞き取り調査をしたインタビュー集である。一九九〇年から一九九二年にかけて行われていて、今から三十年ほど前のものだが、彼らの生活状態は現代にも通じるものがある。その日本版ともいえる『東京の生活史』（岸政彦編　四二〇〇円 税別 筑摩書房）も同様に面白い。こちらは二〇二〇年から取材を開始した、最近のものだ。

これらの本には国籍、性別、年齢、職業の違う、たくさんの人生があふれかえっている。個人の人生をそのまま小説にするのではなく、人が発した、たったひとことからでも、創作のヒントは生まれるものではないだろうか。物を書くセンスがある人だったら、必ずどこかにひっかかるはずなのだ。それでも何とも感じなかった人は、アドバイスの仕様がない。映画やビデオなどを、倍速で見る若者が多いと聞くと、細かいニュアンスなど拾い上げることなく、すっとばしているのだろうと残念でならない。

物書きになってよかったかと聞かれたら、私は、はいと答える。学生のときに、学校を卒業して三十歳までには、一生、自分ひとりを食べさせることができる職業を見つけようと考えていたからだ。本が好きな自分と関係する仕事だし、読者の方々からいい反応があると、もちろんうれしい。たとえば十人が面白いといったとしても、一人がつまらなかったといったら、その一人にいわれたことをずーっと気にし続けるタイプの人がいるけれど、私はそうではない。つまらないという感想については、とりあえず、それは申し訳ないとか、それは仕方がないなどと、ひとりごとをいって、すぐに忘れた。感想にもならない罵詈雑言を書いてくる人には、

（うるせえな）

である。いちいち気にしていたら何も書けない。書き手であり最初の読者の自分がどう思うか、そして本にしてくれる編集者がどう感じてくれるかのみである。私自身、昔よりも読書量が減り、一日に書ける分量も減ってきたけれど、最初の「びじょの血しぼり」から六十年あまり、自分の考えの中心は何なのかを忘れないようにして、仕事をいただける限り、書いていきたいと思っている。

あとがき

　この本の中にも登場し、「群ようこ」の名付け親でもある、本の雑誌社元社長の、目黒考二さんが、二〇二三年一月に亡くなられた。体調不良で病院に行き、そこで余命一か月を宣告され、その通りになってしまったという。私は本の雑誌社の現社長の浜本茂氏から、訃報を公表する二日前に連絡をもらっていた。しかし送られてきたメールを読んでも実感がわかず、ぽかんとしたまま過ごしていた。

　私が本の雑誌社に勤めているとき、彼が、

「ちょっと医者に行ってくる」

と出て行くことが何度かあった。そして帰ってくるといつも、

「この程度で来るなっていわれちゃったよ」

と苦笑していた。目黒さんが、

「ちょっと体の具合がおかしいと、すぐに病院に行っちゃうんだよ」

といっていたのが、印象に残っていた。そんな目黒さんが、深刻な状態になるまで、病院に行かなかったなんて、考えられなかった。前年の秋にも健康診断を受けていたとのことで、

あまりに急な出来事だったのだろう。

お別れの会が五月に開かれたけれど、あいにく半年以上前から決まっていた、先約のお別れの会があり、場所も逆方向でどうしてもうかがうのは難しかった。読者対象のお別れ会は午後一時から献花ができるので、開場と同時刻におうかがいした。

出迎えるように目黒さんの等身大のパネルが立っていて、それと並んで笑って写真を撮影している方々もいた。すでに多くの方がいらしていた。そしてその横には、膨大な量の形見分けのマスク、帽子、未使用のTシャツなどが置いてあった。私はそれを見ながら、マスクはコロナのこともあるので、これだけの枚数を買っておくのも仕方がないのかもしれないと思ったが、それにしても膨大な量だった。

いちばん驚いたのは帽子である。テーブルに積み上げてあったのは、デザインはほぼ同じ、色のバリエーションも三色くらいしかないのだが、こちらも量がものすごかった。いちいち数えなかったけれど、ざっと見て四十個以上はあったのではないか。帽子専門店でもそれだけの数の在庫は持っていないだろうというほどの量だった。私はそれを見て、

「目黒さん、いったい一度に何個の帽子をかぶっていたのですか」

と、不謹慎ながら笑いそうになった。

会場に展示してあった、目黒さんが書いた「本の雑誌」の納品書を見て、

「あっ、目黒さんの字だ」

と懐かしかった。興味深そうにそれらを眺めている、献花に訪れた方々を見ていて、こう

いう方たちが、「本の雑誌」の読者でいてくださっているのだなと感慨深かった。悲しいのは当然だが、みなさんがどこか楽しそうにしているのが、私にはうれしかった。

私は目黒さんが、買い物魔でストック魔だとは知らなかった。本は毎日、書店をまわって、十冊以上を購入して重そうに抱えて出社していたが、それは仕事上、当然のことと思っていた。時折、

「Tシャツ、買ってきちゃった」

と三枚ほど、袋に入ったものを見せてもらったこともあった。掘り出し物があると、うれしそうに値段を教えてくれて、

「それはいいですよ」

というと、

「そお？　よかった」

とにこにこしていた。

Tシャツは、校了時に会社に泊まって作業をしたり、夏場は夕方に近所の銭湯に行って、戻ってきて仕事をしたりしていたので、着替えとして必要なのだろうと考えていた。しかし実はものすごい量のストックがあった。目黒さんは本と競馬以外には興味がないと勝手に思っていたのだが、実は買い物も大好きだった。目黒さんと出会ってから四十四年後に知った事実が、とても新鮮だった。

献花をさせていただき、会場を出ようとしたら、ご丁寧に御礼として本をいただいた。

『目黒考二　北上次郎　藤代三郎　傑作選』（本の雑誌社　非売品）、『冒険小説の時代』（集英社文庫）、『外れ馬券に口笛を』（ミデアム出版社）の三冊が入っていた。帰りの電車で本の雑誌社の非売品の表紙を見ていると、私が「群ようこ」にならなければ、ここが「群一郎　北上次郎　藤代三郎」になったのかもしれないと思った。目黒さんは私に「群ようこ」という名前を付けてくださった後、

「そうですね」

「いつか群一郎、ようこの夫婦エッセイっていうのを出すのも面白いよね」

といっていた。当時はこの名前でこんなに長く仕事をするとは思ってもいなかったので、くらいの返事しかできなかった。そして私が会社を辞めるとき、目黒さんは、

「『群』の名前はきみにあげるよ」

といった。そのときも私は、

「えっ、そうなんですか」

としかいえなかった。それでも目黒さんは、

「うん、あげる」

ときっぱりいったのだった。そのときから彼が書く仕事をするときに、最初に考えたペンネームであり、気に入っていたに違いない「群一郎」という名前を、私のために消してくれたと考えると、今更ながら、

「ありがとうございます」

と感謝の言葉しか浮かんでこない。

私が目黒さんに恩を返すには、いただいた名前を大切に使っていくことしかない。勤めながら書いていたとき、目黒さんから、

「あの原稿、読んだ。面白かったよ」

といわれると、とてもうれしかった。これからもそういっていただけるような仕事をしていきたい。

初出
「小説新潮」二〇二一年四月号～二〇二三年三月号

こんな感《かん》じで書《か》いてます

著　者………群《むれ》ようこ
発　行………2023年 9 月15日

発行者………佐藤隆信
発行所………株式会社新潮社
郵便番号162-8711 東京都新宿区矢来町71
電話　編集部(03)3266-5411
読者係(03)3266-5111
https://www.shinchosha.co.jp
装　幀………新潮社装幀室
印刷所………錦明印刷株式会社
製本所………大口製本印刷株式会社
乱丁・落丁本は、ご面倒ですが小社読者係宛お送り下さい。
送料小社負担にてお取り替えいたします。
価格はカバーに表示してあります。

ISBN978-4-10-367414-6　C0095